Diga que não me conhece

Flavio Cafiero

Diga que não me conhece

todavia

Os sentimentos vastos não têm nome
Hilda Hilst

As andorinhas são os animais mais felizes do mundo. Eu não estive lá, mas foi o jeito, a forma como Fabiano disse. Um axioma inapelável, *a andorinha é o bicho mais feliz do mundo*. Aí você pendura um trio de louça na parede da cozinha e ajeita assim, em triângulo, um triângulo escaleno, como um velho português faria, os bichinhos planando com os bicos apontados casualmente para as quatro bocas do fogão. Daí uma das benditas despenca com a primeira rajada de março, a asa esquerda desaparecida e resgatada dentre as panelas horas depois, o esmalte machucado no cocuruto, as entranhas de gesso, e vai lamento, foi lamúria para uma semana. Muito triste ver o animal mais feliz do mundo em pedaços. *O mais feliz.*

As andorinhas explodem todo começo de dia, e também no fim da tarde, aquela coreografia absurda e exata demais num ser com um espaço tão ridículo para os miolos. Não se trombam, as benditas. Um roçar de caudas, quem sabe, os rabinhos bifurcados como um par de antenas, mas nada que as impeça de seguir em alta velocidade. Fazem a farra. Precisam dizer oi para o sol, parece, e no segundo turno se despedem e se recolhem. A impressão que dá é que não se rendem a outro prazer que não seja o de festejar o verão, *tem que ver*.

Talvez sejam felizes. Não estive lá, nunca fui a Lisboa, mas deve ser uma espécie de feliz para sempre, sem passado e futuro, trouxinhas de penas que mal atingem os oito anos, e se eu puxar pela memória até consigo encontrar uma criança razoavelmente satisfeita aos oito, eu me divertia com qualquer sobra de barbante. Contanto que estivesse sozinho.

As andorinhas não, elas vivem aos bandos. Voam tanto que nem dá tempo para caraminholas. *Deve ser bom não precisar decidir nada.* Deve ser. *Acordar e voar*, deve ser. Fabiano voltou arrebatado, um garoto pendurado na sacada da hospedagem, um menininho, acompanhando o espetáculo. Como a família de turistas franceses, bem no fim de semana em que nos conhecemos. O plano era tomar banho de cachoeira, um idílio atlântico com o Rio de Janeiro ao fundo, mas os franceses também tiveram a boa ideia de subir a Floresta da Tijuca, por sorte, e impediram que pegássemos um resfriado ou precisássemos bolar desculpas para não tirar a roupa e fazer feio um na frente do outro, os dois ainda em processo de contaminação, esse troço que cultivamos como uma dessas plantinhas que, nos trópicos, dão flor fora de época, ou nem dão. Então ficamos lá, levando respingos, os franceses encapotados e encantados com os macacos de ares tibetanos, o paulista e o capixaba naquele enrosca, sem conseguir afastar os pés um do outro. *Dia bom.* Dia bom.

Aqui no Brasil não existe tanta andorinha, as turmas não passam de seis ou sete, mas em Lisboa? *Nossa*, toneladas de peitinhos e asinhas contra o céu mais azul do planeta, mergulhando nas fontes das praças e nas piscinas dos hotéis. As fotos do Fabiano não prestaram. Os bichinhos em voo não passavam de borrões na tela do computador. Daí o cujo se contentou em compartilhar, nas mídias sociais, alguns registros de grafites que capturou de muros e fachadas. Fabiano e as andorinhas coloridas. O dito-cujo e o Tejo. E mais

dito-cujo, e mais andorinhas grafitadas por toda Lisboa. A cidade deve ser mesmo tarada pelos bichinhos. Um dia quero ver de perto. Eu e o cujo. Abrir a porta da mesma sacada, bem jecas, contar passarinho. Os mais felizes. *Você quer ir a Portugal comigo?* Mas você acabou de chegar. *Vou outra vez.* Iria até o inferno com você. As típicas frases que um cafona usa. Não sei bem se fui eu, pode ter sido ele, *vou até o inferno*, mas não deu tempo. De uma época avessa à poesia, desse mundinho viciado em explicações seria mesmo de esperar que o desencanto viesse a cavalo, que um ornitólogo bom moço que produz conteúdo para a internet surgisse e revelasse que, sim, a andorinha age como andorinha porque adquiriu ao longo da cadeia evolutiva a capacidade de caçar enquanto plana, o que faz toda manhã quando os insetos diurnos despertam para a morte, e no fim da tarde quando os noturnos sanguessugas dão as caras, e daí mergulham nas fontes, e algumas bebem tanta água que se afogam em pleno voo, as esganadas, e aí você vê passarinho em decúbito dorsal nos canteiros, apodrecido no meio-fio, ou boiando numa poça imunda. Não dá mesmo para saber o que acontece nos bastidores. Pense no balé Bolshoi, a competição feroz, imagine os ensaios de uma parada da Disney, as gambiarras e costuras, ser Mickey todo dia, Cinderela toda noite, ou um baterista virtuoso em repetições e repetições atrás do sincopado que encasquetou de criar. Não dá para saber dos gemidos enterrados numa batida revolucionária, a busca exasperada, a agonia dos tendões, não dá, e não dá para saber o que encerra uma gargalhada em rede social.
  Vi as fotos que seus amigos publicaram, você estava bonito. Recusei, que não, que eu não estava bonito. *Vento no cabelo, sorrisão.* Agradeci, mas não, eu estava apenas descansado e bem nutrido, a ventania discreta que não dá folga na praia

de Camburi, minha terra natal sem nuvens e com a luz favorável de inverno. *Que delícia, hein?* Das cinco versões escolhi a quinta, lançaram um filtro que acrescenta às fotos essa camada hiper-realista, daí a turma bem-intencionada publicou e ficamos lindinhos. Hiperlindos. A prostração naqueles dias se tornou tão massacrante que precisei comprar uma passagem pelo triplo do preço, entrar num avião à base de Coca-Cola e clonazepam e ir até o Espírito Santo beijar o pai e a mãe, ganhar bênção, considerar os pedidos para morar perto outra vez, e dá-lhe moqueca e porradinha de caju. Fui lá recuperar uns quilos, o náufrago, que Vitória é uma ilha e pouca gente sabe. Aguentar meus tios. A barba do titio marcando o contorno duro do maxilar. Os dentes da titia, aqueles dentes. A gente nunca sabe.

Você viu a foto. Meus amigos capixabas lançaram na nuvem, e uma delas aportou aí. Você viu, talvez tenha procurado. E, entre um gole e outro, você comenta. Que eu estava bonito, *vento no cabelo*, era esse o plano, todo mundo sabe. Eu sei e você também, todo mundo sabe que se um esboço de ingenuidade chegou a deixar rastro na história da civilização, se essa infância realmente existiu, foi sepultada nos primeiros anos do século XXI, e a gente até se finge de morto, mas não, que todos entendessem, ou blefassem, olha lá, *cê tá ótimo*, mesmo numa viagem repentina a Vitória, cabelo sem corte e pescoço esquálido, aquela visita com ares de internação, *vem, querido, pegar uma cor, e vitamina D, que cê apaulistou*. Aqueles dentes da titia. *Amado, cê tá tão magro*. E aí volto para São Paulo, e, assim, como uma tempestade, você joga um oi, *ei, ô, vai fingir que não me conhece?* O ar carregado de íons, sete meses afastados, sete meses e uma semana, sete meses e nove dias, os dias passaram e mal deu para contar. Puto. Você, sim, bem-disposto, nada de muito novo teria se passado do outro lado, *as experiências vão se amontoando aí, no fundo dos olhos*, não era esse o esquema? Coisa que se diga. Os olhos de Fabiano seguiam iguais. Não caiu de quatro, aos prantos, com a cena final de um seriado cômico, ou depois de cruzar com a amiga da amiga numa feira de antiguidades, não cantou de bocarra aberta numa festa de rua, tomando chuva e catuaba e rezando por uma sinusite, e chá de alho, e cama. Esse rosto sem filtros, meu Fabiano num bar do centro, meu Fabiano de bermuda preta, Fabiano entre dezenas de rapazes vestidos com bermudas pretas, Fabiano com as meias pretas cobrindo as canelas, um, dois, três Fabianos de meias pretas em diversos comprimentos, anfetamina correndo solta, a óbvia fila no banheiro multigênero, chincheiros a meia-luz, e os mesmos olhos, não sofreu? Nem um pouco? E a gente não prevê os gatilhos, os que te levam de zero a cem em um só segundo, e pergunto se você está sozinho. *Não, não. Tô com um amigo.*

Eu não tinha visto nenhum rosto conhecido por ali. O bar era um buraco encrustado entre um pé-sujo peruano e um edifício-garagem ocupado pelo MTST, e eu já teria cruzado com Lucas ou o Barão se estivessem na área, e não consegui pensar em outros amigos que pudessem levar o dito-cujo para um inferninho numa noite de quarta. Aí arrisco. Você tá namorando? *Mais ou menos.* Namorando mais ou menos. *Já tem umas semanas que a gente começou a sair.* Começou a sair às quartas. Não saía às quartas. Que tipo de gente sai às quartas? Você chega do trabalho, toma uma ducha, veste a camiseta que ganhou no aniversário de quarenta e dois anos e dá um rolê no centro da cidade com um sujeito com quem começou a sair há umas semanas, um mês? Namorando, *mais ou menos*? Vá... *Bom saber de você*, e dá um tapinha no meu braço, *se cuida*, desde quando você diz se cuida para as pessoas? Pensando bem, algo aqui, uma suavidade azulada, a garganta plácida, sim, Fabiano tomou bala, você puxou uma carreira ou provou uma dedada de MD. Não usava quase nada, o Fabiano. Agora se droga às quartas. Eu me mudei de mala e cuia para São Paulo, gastei um tempão colando pedaços de uma andorinha, passei a tomar infusão de camomila antes de dormir, até chamei de infusão, *o termo correto é infusão*, entende? Bebi cerveja morna na sarjeta do largo da Batata, porque as verdinhas não estavam geladas e o mocinho só toma das verdinhas, voltei para casa com a barriga estufada, a chapação com o baseado do Dênis, *negócio de uruguaio*, descemos as escadas rolantes rindo, fomos os viados mais efusivos da história do metrô, alguns passageiros faziam cara feia, outros falavam entredentes, daí uma cacura parou a gente na baldeação e disse que éramos lindos, *não se larguem nunca!* Enganchamos um daqueles beijos de perder a razão, como um sim diante do padre, e agora o tapinha no ombro, os pés de galinha espremidos, coisa linda, e *fica bem*?

Você se afasta do balcão, derramo o último gole de cerveja, um gosto de borracha na goela, *pois é, não trabalhamos com outra marca*, e vou atrás. Fabiano foi arrastando o mindinho pelas paredes. Puxa, eu pirava com aquele mindinho ralando nos postes, o tique que só quem esteve bem perto seria capaz de apontar, mindinho nos ipês amarelos de Santa Cecília, na cadeira de balanço do café gourmet que nos acostumamos a frequentar, o mindinho como um fio terra, e Fabianinho recolhe o mindinho, e penetra a pista de dança, e para bem na frente de um rapaz com cabelo rastafári. Não era mais o loirinho que vi em suas páginas, o alemãozinho de sorriso mole. Já era, o alemãozinho se fodeu, eu pedi a deus e deus atendeu. E o moleque rastafári é ainda mais fedelho que o alemãozinho de boca mole, e Fabiano cochicha no ouvido do fedelho, uns vinte e poucos anos, *troquei uma ideia com o Tato*, certeza que conta sobre nosso esbarrão no bar, que *putz, acabei de ver o Tato, meu ex*, certeza que está dizendo meu ex. O fedelho rastafári chega a me distinguir na horda, não sei se imagina que se trata de quem se trata, não sei se estranha a determinação com que me aproximo, minha cara de fulo, mas antes que o fedelho possa dizer algo, e lembro bem que ensaiou abrir a boca e dirigir aqueles lábios de fedelho à orelhinha do meu ex, antes de qualquer reação empurro um casal de fanchas para o lado e o bar desaparece, as luzes estroboscópicas agarram minha retina e o samba afunda entre dois versos, eu fecho o punho, estrangulo o ar, e lanço um murro contra as costas do Fabiano.

 Rasgo número três, *bem*, o terceiro e pior surto, *muito bem, agora você é capaz de entender o que leva uma pessoa a um crime passional*. Eu nunca briguei com um colega de escola, nem em saco de pancadas eu batia, *pensa, rapaz, você com uma arma na mão*, eu nunca explodi sapo com bombinhas ou arranquei asa de mosca, *um crime passional, imagina?* E aí o bar voltou, as luzes giraram e a voz da Clara Nunes ressurgiu tão alta que a cerveja subiu e vazou pelo nariz, e bem naquela hora fui lembrar das malditas. O dito-cujo caído no assoalho emporcalhado da pista, *fica bem*, os pés de galinha e o tapinha no braço, e penso nas malditas andorinhas, o rastafári sem saber se contra-atacava ou socorria o namoradinho, *umas semanas*. A gente nunca sabe. Poucos pararam de dançar, ninguém acudiu. E eu torcia para que nenhum daqueles variados gritando o canto da sereia num bar fétido da Júlio Prestes, e numa quarta, fervidos e alcoolizados, fazendo fila no mictório com garrafinhas de água mineral em punho, as bi, as trans, queer, o caralho, bracinhos abertos e egos inflamados, as inter, pan, poli, simpatizantes, não sei, eu torcia para que aquelas bichas não estivessem se divertindo nem um tanto que fosse, uns pederastas hipsters, sapatões de raiz, rameiros arromânticos, assexuais, agêneros, umas putinhas invertidas da porra, degenerados e foscamente rutilantes, chacoalhando com pochetes douradas enquanto se acossavam assim, sonâmbulos, fazendo carão, *don't fuck it up*, e dublando, the category is fake, *strike a pose, bitch*, como se fossem os únicos viadinhos do mundo. Mas não sei. Não sei, *bitch*. Você, caído na pista. *Vai fingir que não me viu?* Umas semanas. A gente nunca sabe.

Passo o segundo café e vou checar a manhã pela janela da sala. São Paulo, hoje, é uma marafona de meia-idade, acuada e preguiçosa, cheirando a cinza. Não vejo andorinhas, nem sinal de maritacas. Ainda dá para sentir a penugem de garoa. Daí me acomodo entre as almofadas do sofá, as pernas alcançando a cadeira, e abraço a caneca quente com as mãos. Então sinto um bambear, o espaldar da cadeira camba para a direita. Foi baratinha, essa cadeira. O mecanismo parece simples, o design é tosco, mas você não saberia como resolver. E se o mundo parasse por causa de um pé de cadeira? Agora penso em bobagens do gênero, nós dois empenhados em estabilizar o mobiliário das casas, mesas e poltronas recolhidas de bazares ou lojas de desconto, nós dois conferindo os encaixes três vezes, formando grupos de estudo, consultando marceneiros até que tudo esteja firme. As pessoas poderiam interromper suas sequências mornas de episódios por um cisco no olho, por exemplo, a gente soprando na retina do açougueiro, dos advogados, você perdendo a hora. O parafuso da maçaneta. Uma linha solta na camisa do trocador. Você sabia que a caixa do mercadinho desistiu de trocar a bobina porque se irritou com uma unha mal cortada? Podia viralizar nas redes, e então o mundo seguiria essa mulher até que as unhas estivessem bem aparadas. Suspender tudo por um espirro ou um pé de cadeira, uma junta de cientistas ao redor de um beijo, *não se larguem nunca!* É pedir muito? Alguma coisa não deu certo comigo, e, quando a gente vê, a cadeira não suporta mais a anatomia. Alguma coisa, em algum momento, não deu certo com Fabiano. Não quero dizer que tudo tenha corrido errado. Alguma coisa dá errado com um, alguma coisa não dá tão certo com o outro, e... *É assim mesmo, Tato*, um vento encanado, uma lasca de pele. Nem tudo correu mal, mas alguma coisa não engatou da maneira que podia, ou devia, e justamente as áreas mais acidentadas, como os dentes de um serrote, ou as mais desgastadas, como a superfície de uma pedrinha de rio, justamente essas acabam se tocando, então os dentes de aço se agarram e se estragam, ou as pedrinhas polidas se chocam e seguem suas trajetórias deixando um estalo no ar. Não consigo achar a imagem. O tempo é rei, dizem. Eu, daqui a dez anos, mesma cadeira, e mesma caneca, falando de serrotes como se fossem pedrinhas.

    Cerca de vinte dias depois da separação, vinte e dois dias depois de tudo dar errado, e alguns meses antes de tocar as costas do Fabiano com um murro, aluguei o apartamento 52 do Concordia, um prédio construído em meados de 1950 na região central de São Paulo, uma caixa sólida com seis andares, pastilhas sextavadas na área comum, um elevador periclitante e um pátio de ventilação que unia os basculantes dos banheiros de todas as unidades, proporcionando luz natural e uma completa falta de privacidade. O tipo de construção que você não encontrará em Vitória, onde quase todos os prédios com mais de três pavimentos são relativamente recentes. Varrer piso de taco, combater o cupim das janelas, e mais um catatau de novidades para desinflamar os neurônios. Até o 52 vagar e a gente ter a ideia de morar no mesmo prédio, eu me escondi com Sabina três andares abaixo, no 22, minha protetora preparando as refeições e me empurrando água. *Uma samambaia, esse homem.* Cheguei desmamado, outra vez de mala e cuia, mas sem as cuias. As cuias ficaram com o dito-cujo, e lá estão. Devem estar. Mas havia as cuias da Sabina, o chiado reconfortante da panela de pressão, o sabor manquitola da sopa de ervilha. Comprei caldo de bacon vegano, mas Sabina não faz nada que não queira, deixou mofar na despensa. Eu não entendo Sabina, e isso deve ser bom.

Logo que me mudei para o quinto andar e comecei a montar a casa com móveis vendidos em bazares de caridade, assim que voltei a dormir sozinho em minha nova cama, as semanas passaram a girar em torno das terças-feiras. Toda terça, às oito e meia da manhã, um caminhão recolhe o lixo reciclável, serviço estranhamente pontual que me proporcionou algum senso de calendário, motivo para programar o despertador. *Tem que deixar o lixo na calçada antes das oito e meia*, mas nunca na noite anterior, pois a massa de moradores de rua rompia os sacos e deixava o lixo espalhado pelo meio-fio, não sem antes esmiuçar cada embalagem em busca de preciosidades, catar as migalhas dos pacotes de pão de fôrma e verter gotas de leite azedo das caixinhas longa vida. Acordar às sete, então, para evitar a desordem. E abdicar da cama nova. Dead man walking até o térreo, e então voltar para o quinto andar, e pronto, tentar evitar os lençóis. Terças memoráveis, chorar longe dos travesseiros.

E havia o Samu, o morador do andar de baixo. O Samuel do 42. Travamos amizade numa das terças de lixo reciclável. Sabina alertou para ir com calma, *que o Samuel é bem esquisito*, mas cada palavra solta nas escadas reluzia, o vai chover, vai esfriar, os papos de vizinho, você agarra o oi do zelador com o mesmo fervor de um Crusoé agarrando palitos de fósforo. *Pode me chamar de Samu.* E eu passei imediatamente a chamar Samu de Samu. Fedia a limão guardado, não sei bem se as roupas. O pescoço sempre vermelho. A barba era rala e os fios ondulados refletiam a irritação na pele, de modo que algumas pessoas achavam, à primeira vista, que Samu fosse ruivo. *Qualquer problema bate lá em casa, pedir uma xícara de açúcar.* Fiz gracinha. Que ia bater no 42, claro, mas para pedir uma xícara de vodca. Quem diz que sabe fazer piada com qualquer assunto devia rever os parâmetros, o mundo não é fácil. *Sou abstêmio.* Ah, certo. *Alcoolismo.* Eita. *Mas posso oferecer um chá bacana que compro no Bom Retiro.* Samu fez beicinho com os olhos. *E se precisar deixar o lixo das terças comigo, pode contar.* O homem se livrava do lixo reciclável para outros apartamentos, alguns moradores punham os sacos bem vedados na porta do 42 e Samu os depositava no devido lugar na manhã seguinte. Gentil, o Samu, um guia de sobrevivência das imediações, sabia onde encontrar bala de alga *genuína*, biscoito de gergelim *genuíno*. Depois eu notei que ele saía umas quatro vezes por dia com fones nos ouvidos e dava voltas e voltas no quarteirão. Depois comecei a encontrar Samu na drogaria, no sacolão, na lojinha dos coreanos, eu não podia chegar à janela que via o homem dobrar a esquina com o pescoço jogando o ritmo para a frente. *Vai. Vai.* Aí veio o dia de finalmente receber o onipresente Samu para um café, escondi o que precisava ser escondido e fiquei sabendo que ele estava limpo havia um ano, que não podia ver os amigos de sempre porque a maioria fazia padê, e que não podia ver a turma brindando porque dava coceira de entornar, e então de meter a nareba noite adentro, e não conseguia ir à casa das pessoas sem reparar nos espaços vazios em cima das cristaleiras. Trabalhava como montador de cinema e foi sendo dispensado dos projetos porque pegou fama de entregar serviço atrasado, ***tudo impregnado de padê e birita, é minha vida.*** Chegou a ir a duas reuniões do NA no mesmo dia. Ou do AA. Frequentava os dois. Agora faz edição de vídeos de casamentos, encalhado na madrugada, a sala costumeiramente acesa com luz branca, que meia-luz já viu, evocava os muquifos.

Era do apartamento do Samu que saía uma batida constante, o dum dum dum de música eletrônica que subia pelo pátio de ventilação e embalava o edifício com um ruído branco cadenciado. A música eletrônica foi a salvação do sujeito, um dos poucos pontos de contato com a vida pregressa de maratonas noturnas em inferninhos com futum de veneno. Veneno contra pombos, *pois é*, Samu jamais esqueceria aquele cheiro, *o cramulhão mora nos detalhes, não posso ver pombo que lembro do cheiro de veneno dos muquifos, e aí dá vontade*. Tudo dava vontade. A vontade doentiamente adiada na batida em espiral da música eletrônica, um bloqueio formado por melodias que pareciam nunca se libertar da introdução de uma canção pop-rock. O raciocínio não ultrapassava a segunda estrofe, e Samu não podia deixar a fantasia trocar de rima, porque a rima seguinte talvez fosse pó, o mundo rimava com substâncias mágicas como cocaína ou Red Label, e com boquetes em banheiros, com bate-entope de miojo e salsicha ao amanhecer, ou com a tara em comprar camisetas pretas ou garimpar anéis com pedras semipreciosas na Galeria do Rock. *Você não tá precisando de umas camisetas?* Caixas abarrotadas de anéis, pilhas de camisetas, prateleiras com torres de tupperwares seminovos, e cactos, todos enfileirados ao longo do rodapé, o apê inteiro tomado por espinhos.

Aproveitei a ideia do Samu. Música eletrônica presta para tudo, ir ao açougue, ir até ali, *qualquer ali*, e também para cozinhar sem pensar que um certo alguém prefere o bife bem passado. Boa parte do meu repertório de predileções musicais permaneceu interditado por um longo tempo. David Bowie era inadmissível. Queen é complicado,

Fabiano tinha um pôster do Fred Mercury dando aquela pinta no Rock in Rio, com aquele collant branco. *Love of my life*. Eita, porra. Não consegui ouvir Rita Lee por meses, embora a gente nunca tenha escutado Rita juntos, e daí o absurdo, Rita capitaneava a lista de intérpretes que nem chegamos a compartilhar. Eu mal havia chegado a São Paulo, prestes a completar um ano quando nos abandonamos, e a cidade já se apresentava como um canteiro de obras com vias lacradas e placas de desvio, todas as esquinas em que nos metemos, todas as esquinas em que não chegamos a nos meter. O boteco que não me afundasse em reminiscências poderia me catapultar para um passado alternativo onde Fabiano e eu teríamos escolhido uma daquelas mesas de ferro para fazer uma boquinha, a canção que não me puxasse para o olho do furacão tinha o dom de me deixar orbitando o reino das recordações possíveis, fosse o alongamento que começaríamos a fazer juntos ou a viagem a Bonito, daí passei a ouvir música eletrônica, e funcionou, a cabeça começa a germinar e touché, você não dá corda, aumenta o volume e os impulsos elétricos dão meia-volta e rodam em piruetas sem sair do lugar. *Vai*. Vai. Era o lema. E tome de encontrar Samu pelas ruas, com o pescocinho duro, a marcha ritmada no dum dum dum. Passou a me enviar diariamente músicas recém-descobertas nos canais de streaming. Sem letra. *Letra não pode*. Que letra de música eletrônica tem muito come back to me e I'm so lonely now. Vai-e-volta com a playlist sincronizada, Samu e eu cruzando o asfalto do Minhocão como numa passarela, *desfila e não para. Não pensa, homem*. E o tempo ia parar longe, aos tiros, e quando me dava conta a noite já tinha caído e a lua concedia a permissão moral para engolir soníferos. Ia dormir embalado em zolpidem e bromazepam, ecoando a batida suave do Samu, dum, dum, um inseto que subia pelas colunas internas do prédio, passeava pelos cômodos e saía pela janela criando asas. Dorme. *Dorme.*

Eu já devia ter completado um mês no 52 e, numa madrugada de insônia, vejo Samu de quatro na frente do prédio. Desço e pergunto o que ele está procurando no lusco-fusco. *Meu tic-tac, man.* Ia saindo para andar, mas deixou cair a última balinha. Um homem de trinta e tantos anos, com aparência de cinquenta, ajoelhado num tapete de folhas apodrecidas em xixi de cachorro, à procura de uma balinha tic-tac. O pôster da esperança perdida. Subo, pego um pacote de biscoitos na despensa e carrego Samu para passear. Enchemos a cara de biscoito recheado, e caminhamos, *vai*, desviando dos moradores de rua que caíam intoxicados na sarjeta. A certa altura, quando vê que começo a piscar de sono, Samu me puxa por uma ruela que ia dar nos muros coloridos da linha do trem. No cruzamento seguinte, ele espreita. Fiquei cabreiro. Mas a excitação de estar na rua às duas da matina, tão longe de Vitória e do Fabiano, espiando não sabia bem o que ao lado de um adicto, essa excitação dominou meu corpo capixaba. Pedindo silêncio e agarrando meu braço, Samu guiou meu foco para uma figura na outra ponta da rua. *Isso aí, man*, havia um homem nu atrás de uma caçamba, encostado em um carro, *é o Johnny do 31, ele deixa a filha na cama, a mulher vendo tevê, e vem praticar nudismo nas noites quentes.* Estávamos na região central de São Paulo e havia um vizinho pelado na rua, acendendo um cigarro. Há algo de libertador na imagem de um homem nu manejando um isqueiro. Um homem nu que produz fogo. Observamos Johnny dali, escondidos atrás de um arbusto que fedia a creolina. E aí veio a pergunta, sussurrada, aquele cheiro de limão velho na minha orelha. *Tu é baitola, né, Tato?* Assim, na lata. *Tu libera a raba, né?* Enquanto Samu já havia despejado em mim uma amostra generosa dos seus dramas, eu ainda não tinha tocado em nenhum assunto muito pessoal, nada que ultrapassasse a modorra do ganha-pão em que me meti para justificar a mudança para Sampa, nada além de capítulos breves sobre minha amizade com Sabina desde o primário. Mas ele sabia que eu gostava de homens. *Tá tudo sossegado, rapaz, já experimentei de tudo na vida, já manjei muita rola, pode crer.* Às vezes Samu parecia mesmo saber de tudo. Minha reação foi uma risada fora de controle. O Johnny virou em nossa direção. Sumimos agachados por trás da moita, mas já era, cortamos a onda do moço, que agora se vestia calmamente, como se estivesse no vestiário de uma academia.

Samu e eu abandonamos nosso posto e, acelerados, atravessamos um emaranhado de ruas secundárias e idênticas umas às outras. Eu não sabia mais onde estava, o bairro era deliciosamente outro à luz mortiça dos postes. Tive uma ereção das fortes, não foi fácil acompanhar o Samu com passos curtos. Aquela história de vizinho pelado, tudo foi tão insólito, e Samu me perguntando se eu era baitola… Era a primeira vez que alguém me perguntava se eu era viado. Eu nunca baixava a guarda. Tudo em mim era discretamente vigiado, meus assuntos, minhas atenções, e também minhas mãos, e minha voz, daí meu vizinho chega junto e eu na boa: sou. *Tudo bem.* Saiu fácil, até. *Tá tranquilo.* Sou, sim, um viadinho capixaba. Não doeu. Sincronizamos nossas playlists e combinamos de caminhar em silêncio, até que chegamos a uma praça com equipamentos de ginástica malconservados e um carvalho centenário no centro. Reconheci a área. Sabina havia me levado até ali para trocar a tela do celular, que atirei contra a parede durante meu rasgo de insanidade número um. O primeiro surto, um ataque extremo de ansiedade no dia em que descobri que havia um rapaz de olhos azuis na vida do meu ex, e que agora Fabiano combinava com o alemãozinho tosco e seus amigos de tomar banho de sol na piscina pública do Pacaembu, ou no condomínio de sei lá quem, e publicava ostensivamente as fotos em que todos posavam sem camisa. Nem Lucas nem Barão, só bichas novas, provavelmente egressas do universo do alemãozinho de boca mole, o mostrador de seguidores aumentando minuto a minuto. Antes de me conhecer, e de brigarmos, Fabiano atuava discretamente nas redes, compartilhando recortes curiosos da metrópole, prédios em demolição, arte de rua. Mas agora, aparentemente, um festival de bíceps daria o tom. Era um tal de pegar macho pela cintura, de pendurar cigarro na boca com poses de porn star, de onde, aquilo? Eu havia comentado com Fabiano que ele ficava parecido com os astros de Bollywood quando deixava o bigode mais cheio que a barba, era um fetiche meu, particular, esses machões bailando em dancinhas sinuosas, e deu naquilo, *agora aguenta*, era piscininha, bigode farto e peitoral, e todo domingo, como um programa de auditório, e garrafinhas de qualquer cerveja, nem precisava ser das verdinhas. Uns putos. *Não é nada, Tato*, Sabina assustada com minha perturbação, *não tem nada aí dentro, olha pra mim, somos você e eu*. Um surto fraco, diante dos próximos, mas que exigiu uns bons murros no braço, Sabina encostou sua testa na minha e implorou que eu não parasse de mirar o fundo dos olhos dela, que eu estava tendo *uma parada psycho killer*, mas que era tudo da minha cabeça e eu estava inteiro ali, com ela, e o dito-cujo e o menino de boca mole que explodissem no ar, e desejei o aniquilamento instantâneo do Fabiano, pedi que o universo conspirasse uma tortura com sequestradores sádicos, que cortassem fora o pau do Fabiano com uma lixa de unha, e enchessem o rabo dele com formicida, e daí estraçalhei a tela do meu celular. Deixei uma marca na parede da sala, a cicatriz ainda está lá, como um memorial. E fomos até aquela praça no dia seguinte para trocar a tela num balcão evidentemente irregular, Sabina me escorava como se fôssemos a um pronto-socorro, tudo parecia com um pronto-socorro, e o chinês mentiu na cara dura que a telinha era peça original. Não era, mas todo o resto parecia teimar em ser. Era o recomeço de uma vida que ensaiava decolar, dava voltas e não ia muito longe, mas ia, sem o cujo, com pessoas e lugares tão novos quanto aquela praça, e isso doía como uma traição, como se eu desse uma punhalada nas costas do meu menino, como se os músculos do meu braço desfigurassem toda a ternura de uma noite de Ano-Novo, de uma tarde na cachoeira, de madrugadas de sexo e Bowie, sexo e Beatles, Ednardo e Lulu Santos, a ponto de conseguir sentir a dor que Fabiano sofreria com cada investida.

    Samu me salvou da correnteza de um novo surto dando um tapa no meu ombro. Por um segundo, me assustei. *Vem comigo.* Talvez Samu soubesse mesmo de tudo, um dom extrassensorial desenvolvido a reboque da abstinência de pó e pinga. *Vem comigo*, e eu vou. *Tem alguma coisa ali.* Tiro os fones e imito os passos do homem. Havia um objeto no banco mais escondido da praça, algo esquecido, talvez, e nos aproximamos como dois gatos de rua. Era uma boneca. Nem grande nem pequena, vestido de chita, estampa de margaridas, sapatinhos brancos afivelados, empertigada, bracinhos erguidos como se aguardasse um abraço, ou um colo. Mas sem cabeça. *Que porra é essa, man?* Uma menininha sentada num banco de praça, os bracinhos pedintes. Sem cabeça. E se a imagem de um rapaz nu com isqueiro em punho, minutos antes, era o emblema da liberdade, e se Samu procurando balinhas na calçada me trazia alguma esperança, aquela boneca sem cabeça era o encontro com um tipo de verdade inédita. Que verdade? Que merda era aquela? A ausência de olhos era sinistramente expressiva, a boca inexistente pedia amparo, *eu sei, man, eu sei do que você tá falando...*

Mas eu não estava falando nada. Um nenê degolado no meio da noite. E a cena foi um soco no estômago do Samu, porque ele põe os fones de novo e sai arfando sem me esperar, *eu sei do que você tá falando, eu tô sabendo*, mas eu não estava falando nada. Também ponho os fones, mas a música eletrônica não consegue me resgatar de imediato, olho para trás e lá está ela, implorando que eu volte. Tento me concentrar nas batidas, dum, dum, ainda que houvesse uma boneca degolada, e aquela praça, dum, e uma linha de trem com muros coloridos que Fabiano não conheceria a meu lado, e aquela sede descomunal que agora amarrava minha voz. Vai. *Vai*. Samu lá na frente, com as pernas enormes.

Alguma coisa deu errado comigo. Alguma coisa não deu muito certo com Samu, e agora uma boneca violada estendia os braços curtos e gorduchos na nossa direção. A gente nunca sabe. Era horrível, mas fazia sentido. Eu sei do que você está falando, repito as palavras do Samu, muitos passos atrás dele. Acelero. Aos poucos a distância foi diminuindo, quase emparelhamos. Entramos no Concordia, Samu se despede em saudação militar e some na escadaria sem luz. Fico na portaria por uns minutos, sentado na cadeira do zelador, olhando a rua sem movimento. Daí pego o elevador, descubro que não tranquei a porta, esfrego os pés no capacho, bebo um litro d'água e entro num banho morno, e me embrenho na cama, nu, debaixo do lençol amarfanhado. Come back to me me me. Uma boneca sem cabeça com um vestidinho de chita. E verde, um verde profundo, com margaridas voando. Everybody body. Everybody needs love. Naquela noite, o ruído branco do Samu não subiu pela área interna para me embalar.

O Concordia era habitado basicamente por gente que trabalhava em casa, como o Samu dos vídeos de casamento, ou com ocupações intermitentes, como a Sabina das produções de moda. A dinâmica era diferente do entra e sai de outros prédios, a turma não partia de manhã para voltar à noite, os horários pareciam complexos. Em algumas tardes, durante meu longo período de licença médica, eu chegava a ter a sensação de estar sozinho, mas então ia ao banheiro e um ser humano enviava sinais pelo pátio de ventilação. O pianista do 22, por exemplo. Um coroa com cara de Mick Jagger, casado com um jovem buda de batas engomadas. O ensaio de piano podia começar a qualquer momento. Tomei alguns banhos embalado em clássicos muito bem executados. No 31 tínhamos uma chefe de cozinha de orelhas imensas que, com a filha adoravelmente estrábica e Johnny, o marido que fumava pelado nas ruas, recebia convidados em pleno dia de semana, preparando quitutes marinhos que me faziam salivar. Em cima de mim, no 61, morava a revisora de textos que amava gargarejos, e que mantinha as persianas fechadas e andava sempre só, e que apelidei de rinoceronte branco, não só porque pouca gente a via, mas também pela palidez. As quatro meninas do 62 nem mesmo o zelador soube dizer do que viviam, e não posso conceber quatro mulheres empilhadas num apartamento como aquele. Demorei para entender que Augusta não era uma delas, escutava as broncas frenéticas, *Augusta deixou o quarto daquele jeito*, *cadê a Augusta*, e um dia descobri que Augusta era uma fox paulistinha. As duas mais novas tocavam na bateria de algum bloco, vira e mexe saíam para o ensaio carregando agogôs, a terceira era tão baixa quanto uma criança e se encarregava do lixo, e a quarta, que parecia ser a mais velha, empesteava o elevador com perfumes que impregnavam a roupa. Certa noite, na portaria, enquanto eu esperava passar uma chuva, a quarta moça puxou assunto e perguntou meu signo, daí fingi que era pisciano e ela meneou a cabeça com surpresa, tentando ler minha aura, que não andava muito boa. *Peixes, é?* Eu não gosto de astrologia. *Peixes...* O incompreensível reino dos planetas foi a deixa para algumas discussões com Fabiano, por isso eu não quis saber, e saí na chuva mesmo.

No apartamento em frente ao meu, o 51, vivia um casal de artistas. Se você der uma pesquisada encontrará informações mirradas sobre Milena, e alguns vídeos de apresentações em bares, uma cantora meio datada. Muitas fotos, muitas. Já sobre Gustavo, o escritor, é possível encontrar críticas de alguns livros publicados, mas quase nenhuma foto. Se a vizinha do 61 era um rinoceronte, o escritor era uma espécie de leopardo, a gente só vê as manchas dentre as folhagens. Eu encontrava com o escritor aos domingos, no pastel da feira, e só. Milena não, eu a via com frequência inusitada, e chegamos a comentar sobre o sem-número de vezes que abrimos as portas ao mesmo tempo, fazendo cara de lá-vem-boa-tarde. Sabina decidiu que Milena me vigiava pelo olho mágico e que eu devia arranjar uma forma de dizer que mulheres não eram minha praia, mas conheço Sabina o suficiente para concluir que uma rixa feminina estava em curso: era minha melhor amiga que, secretamente, arrastava asa para o escritor. É exatamente o tipo de homem que abranda a empáfia da Sabina, com roupas de qualidade, porém puídas, o cabelo sempre mastigado, um homem para ser cuidado. *Repaginado.* Sabina querendo produzir o sujeito. *Casal estranho.* Todo casal é estranho, Sabina. *Você e Fabiano não eram.* Caiu um silêncio. *Desculpa.* Tudo bem. Era a frase do ano: tá tudo bem.

Eu ia descer para almoçar com Sabina. Naquela manhã saí da cama sem vontade de chuveiro, o que por pouco não virou hábito. Milena estava na porta do 51, passando uma vassoura no hall. O cheiro de faxina fez com que eu me sentisse ainda mais porco. *Já estão ficando estranhas, essas coincidências.* Abro um sorriso. *Aceita um suquinho?* Não sei o que passou pela minha cabeça, vinha agindo assim, como um cão de rua, e quando vi estava sentado na sala dos vizinhos. Sabina mandou mensagem, *preciso dar uma saidinha*, então relaxei, mas não falei nada sobre onde estava. Fabiano ia delirar quando soubesse que entrei na casa de um escritor. *A literatura me salvou*, o cujo repetia. Ele ia surtar, certeza. O escritor andava viajando pelo país em uma temporada de eventos literários, e a esposa não se deu ao trabalho de esconder a zanga, externou as saudades ao falar do companheiro. Serviu limonada em copos descasados e bebericou o líquido gelado como se fosse água fervente. Exibia certo descompasso entre a voz e os gestos, mas parecia consciente disso. Eu, se tivesse intimidade, sugeriria um comprimido. Daí falou bastante, me encarando como uma coruja, eu cavando paciência gole a gole, até que sacou uma brochura de uma exposição de arte e, sem anunciar, apontando o dedo incerto para um pôster fixado entre post-its espargidos na parede, leu um trecho marcado com um clipe. *Quando uma cor toca outra, uma mancha escura se desenha no ponto de contato.* Estava quase cantando. *Essa mancha formada no meio é outra cor, que, pensando racionalmente, não está de fato ali.* Era o chamado evento cromático, pelo que entendi, e Milena não disfarçava a ironia em relação aos eventos cromáticos, parecia ser a obsessão sazonal do escritor, talvez a pesquisa para um novo livro. *O amor é um evento cromático*, ela conclui. Bem, eu não conseguia ouvir aquela palavra sem sentir o peso das quatro letras. O troço de quatro letras. As pessoas não param de falar sobre isso. Sobre o troço. Pensar no troço. Um evento cromático, que poético, eu retruco, torcendo para que o assunto morra, e, por outro lado, saboreando cada sílaba, porque falar sobre o troço, àquela altura, me amofinava, mas ao mesmo tempo me enchia de ternura. As cores sobrepostas no pôster formavam uma tonalidade exasperadamente intensa, amarelo sobre azul, daí uma mancha verde no meio, daí Fabiano e sua cor predileta, e aquilo era uma bosta. Não consigo conter o suspiro. Milena reage ao meu suspiro elevando as mãos com as palmas para cima, como se retirasse água de uma nascente. *Eparrei oyá*, e riu. Acho que riu. Acompanho esse riso com algum constrangimento. Fica patente que nenhum dos dois quis rir de verdade, sorrimos para uma plateia de ácaros. A esposa do escritor devia estar farta de metáforas, *sim, o amor é um evento cromático*, e traça comentários sobre a lividez que o tempo conferia a tudo. Abandona os olhos na mancha abstrata. Pois é. Eu precisava sair dali. *Fica mais.* Sabina está à espera. *Fica.* Não dá. *Mas volta, combinado?* Ela pareceu comovida quando dei um adeus da escada. *Manda um beijo pra Sabina.* A rixa estava confirmada, um beijo gelado como a lâmina de uma faca. *Promete?* Mando, sim. Não mandei.

O arroz da Sabina, naquela tarde, saiu empapado. Mas um empapado com personalidade. Parece que existem dois tipos de famílias, as que gostam de arroz pelo arroz, refogado na medida certa e com o tempo exato de cozimento, os grãozinhos entregando o melhor que podem entregar, e as famílias que encaram o arroz como coadjuvante para o feijão e o estrogonofe. Minha família é do segundo tipo. Sabina não, o arroz dá para comer puro. *Não me peça pra ensinar*. Eu nunca tive essa pretensão. *É mão, não tem receita*. Depois do almoço Sabina encheu minha caneca de café e a casa fumegou. Café harmoniza com imóvel antigo. Eu vinha acordando com a garganta ressecada, a estiagem e os remédios uniam forças contra minha laringe, daí peço um tiquinho de leite. *Café com leite não é uma boa combinação*. Café com leite é um clássico, Sabina. *O café rouba nutrientes importantes do leite*. Eu nem estava interessado em nutrientes, só queria um tantinho para não despertar a tosse. Sabina lamenta, *no hay leche*. Eu tinha visto uma caixa na geladeira, mas não discuto, as pessoas agora se ofendem por causa de um pingo de leite. As raízes pretas e crespas começavam a aparecer no cabelo tingido da Sabina, mas tampouco comento, pego um sequilho e sigo atento à caneca. A fase aloirada e alisada já durava anos. Talvez ela trocasse em breve. Não consegui me lembrar de como Sabina era antes dos fios daquele jeito. Os fios da barba do Fabiano ganhavam um tom desbotado com a incidência do sol, não exatamente loiro, mas amadeirado. Pensei nos eventos cromáticos, *quer mais?* Dificilmente eu me enchia da Sabina, suportávamos um ao outro desde os tempos de caixa de areia, mas naquele dia algo agitava nossos cascos. Talvez fosse eu, omitindo a visita à casa dos vizinhos. *Vou preparar mais um café, bem fraco*, e recomeçou o ritual do coador, prendendo os cabelos para trás e deixando as raízes ainda mais à mostra. Aguardo no fundo da caneca vazia e, sem opção, me entrego ao vórtice afetivo que um em cada dois acontecimentos disparava. Pelo sol que andava fazendo, e com os fins de semana de piscina na companhia dos novos ursinhos, os fios de bigode do cujo já deviam estar mais claros.

Uma narina ligeiramente mais estreita que a outra. A mancha marrom na pupila esquerda, porém mal se notava. No geral? Ninguém reparava nada disso. Fabiano queria criar minhocas e fertilizar hortas, mas não havia espaço suficiente na área de serviço, nem hortas comunitárias na região. Fabiano ganhou um conjunto de bastões coloridos de um amigo arquiteto e encheu uma das paredes do quarto com traços de fachadas de edifícios, contemplou o resultado por algumas semanas e acabou se livrando de todos. Corria de manhã, mas tinha dores nos tornozelos, aí tentou pedalar, mas uma gangue roubou a bicicleta em frente à Love Story. Ostentava de vez em quando um Marlboro em calçadas de bar, mas era fumante de araque. Queria ler um livro por semana, dançar uma vez por mês, viajar uma vez por ano para lugares mais distantes que o sítio do Lucas em Itu, nem sempre dava. Ainda assim, Fabiano pulava da cama e preparava tapioca. Ainda assim, não conseguia controlar os pés quando ouvia um ritmo mais melódico, ensaiava passinhos tímidos, e se martirizava por não lembrar que banda seria aquela, e quando achava a resposta enchia o pulmão e comemorava num alívio maior que a Via Láctea. Uma solidão boa de olhar, aberta para toda solidão que porventura cruzasse seu caminho. Foi expulso de casa aos quinze, depois de ter o diário depenado pela mãe, passou a juventude com a avó, até a velha morrer e não deixar nem um açucareiro para o neto que carregava suas compras. Ficou órfão poucos anos mais tarde, pai e mãe na sequência, e a irmã filha das trevas armou um jeito de afastar toda possibilidade de herança. Fabiano não lutou, nem as tralhas de infância foi buscar. Ainda assim. Eu tento fugir do clichê, mas, quando me perguntam sobre ele, acabo confessando que meu namorado era um ser razoavelmente satisfeito com a vida. Ou até feliz.

Meu namorado? A-ham. O prazer indescritível em dizer aquilo. Os amigos caretas faziam troça do deleite em chamarmos um ao outro de namorado, o tempo todo, *namorado*, e Fabiano tentava explicar que boa parte das bichas e sapatões sentia um júbilo fodido em nomear as relações, porque dizer meu namorado ganha peso de medalha para quem cresceu sem poder sair falando o que vem à cabeça, que *tem criança por perto, seu avô não entenderia*. Então: meu namorado. Eu não queria criar minhocas para fertilizar hortas, eu não aguento correr mais do que um quilômetro, eu acho fumar uma ignorância, reclamo da garoa, do calor, ralho quando não tem banana madura no mercado ou quando dá nó na cordinha da persiana, mas, ainda assim, quando perguntavam para o meu namorado, ele dizia que *o Tato é a melhor surpresa que a vida já me preparou*, e que o mundo tinha se tornado um lugar bom, e que ele não se cansava do meu vaivém pela casa, da minha mania de carregar a caixa de som para a cozinha na hora de improvisar um prato, *mas por quê? Por que gostar tanto assim?* Aí ele aponta para mim, como se eu não estivesse presente, e responde estalando a língua. Como se fosse óbvio gostar de um sujeito como eu.

    Sabina conhece. Um vacilo e o rodamoinho brota. Ela enche novamente minha caneca, *alô, alô*, e senta do meu lado com o celular em punho. Queria mostrar um artigo sobre a *péssima ideia* de combinar café e leite numa xícara. Mas, por algum motivo, o link não abria. Ela chacoalha o aparelho como se aquilo fosse deixar as letras soltinhas. Algum parafuso não encaixava bem na minha irmãzinha, e então percebo que fui chamado não somente para almoçar e ser cuidado, mas para impedir um assassinato. Uma refeição pode ter essa serventia. Algo a ver com Dênis, que arrumou uma viagem para a praia sem perguntar à companheira se ela queria descer junto. Eu já tinha entendido, a historinha estava acabando. Fazia dias que Dênis não publicava fotos de casal. Ia demorar um tempo até que Sabina assumisse o fim, era dura na queda, como se diz. E um tombo de mau jeito pode ser fatal para pessoas fortes. O artigo sobre o café com leite não abre de jeito nenhum, e Sabina se enerva. Arranco o celular da mão dela. Rolo a página para conferir se o problema é crônico e dou de cara com a manchete: O MISTÉRIO DAS BONECAS SEM CABEÇA. Consigo abrir a notícia. As bonecas sem cabeça existiam, não exatamente a que vi, mas outras bonecas, e estavam ali, numa nota um tanto sensacionalista. E existiam em número suficiente, a ponto de configurar um misterioso caso. *Você viu uma dessas?* Sim, de vestido verde, os bracinhos pedindo colo. *Mutilada?* De madrugada, Samu e eu. Sabina apoia o queixo no meu ombro. Sete bonecas notificadas na região central. As primeiras teriam sido deixadas havia cerca de um mês na escadaria da Sé, depois encontraram duas no laguinho da República, e outra no Arouche. Apenas uma foi noticiada longe das ruas do centro, num jardim na Vila Mariana. Aquela que Samu e eu havíamos visto não estava listada, e isso queria dizer que o caso poderia ser muito mais extenso. Eu precisava falar com o Samu. Sabina disse que viu *o doido* sair cedo. Envio a notícia pelo celular e Samu responde de pronto com cinco emojis arregalados, depois envia mais dez, e outros dez, o compulsivo. *Você tá suando, Tato.* É, estou. *Vem cá.* Devo ter ficado realmente transtornado, porque Sabina me abraçou, fez cafuné na barba e removeu com delicadeza o celular da minha mão. Daí me despeço, fazendo Sabina prometer que estava bem, eu repetindo a mesma promessa, e então subo com metade dos pensamentos nas bonecas decapitadas e a outra metade no lugar de sempre. Tomo uns aditivos. Tentaria cochilar.

    Acordo algumas horas depois e vou até a sala. O café da Sabina está bem perto da goela. Chego à sala com o intuito de abrir as portas da sacada, mas elas já estão abertas. Não me assusto com a presença do Fabiano. Pergunto o que ele faz ali, de pé. O dito-cujo analisa o céu. Os prédios em frente são bem maiores que o Concordia, então analisar o céu é deixar o pescoço esticado para o alto e a fronte jogada para trás. *Achava que as maritacas gritavam só pela manhã.* Pergunto se ele não quer que eu bata uma vitamina, ou descongele pão, eu podia fazer uma infusão de cidreira. Fabiano estranhando o céu. Vou até ele e as nuvens brancas me deixam atordoado. Uma afobação sanguínea bombeia a massa do corpo para a minha cabeça, uma combustão dolorida se espalha a partir do abdome, então Fabiano desaparece, daí ligo para Sabina e ela não atende. Ligo outra vez. Ligo para Samu, *fala peixão*, ele já está dobrando a esquina e pergunta sobre as bonecas sem cabeça. Eu não quero falar sobre as bonecas. Minha voz escorre pela barba. *Tu tomou quantos?* Eu tinha tomado aprazolam. *Quantos?* Demorou a fazer efeito, daí cortei pela metade um clonazepam, três miligramas, e desceu gostoso com uma taça de chardonay que sobrou na geladeira, tudo com receita, na boa, *mas quantos?* Daí acordei para mijar e fui tateando e esbarrando nas plantas e nos móveis, tudo molenga, sei lá que porra, voltei para a cama, tomei mais clonazepam, e não consegui apagar. *Tu tá delirando, brother.* Eu destranco o mausoléu e Samu me mete num abraço. Já é o segundo abraço de socorro do dia, há um rastro de mijo no corredor, e eu pensando em pedir pizza, oferecendo vinho para um alcoólico, perguntando pelo certo alguém e pensando que é terça-feira. *Hoje é sábado, rapaz.* O impulso foi de chorar forte, mas os remédios não deixavam. Como aquelas películas de caixa de som. Ou uma enorme parede de vidro resistindo a um ciclone. A afobação volta, o mundo inteiro pressionado contra os miolos, *abstinência arde mesmo*, a combustão se espalha outra vez pelo corpo. Samu mantém o abraço, o fedor de limonada guardada é bom, eu era novamente um cão, agora assustado com os rojões de Ano-Novo, daí Sabina chega de cabelo úmido e estaca no capacho, *o que você tomou?* Bromazepam, chardonay, clonazepam, ou olanzapina, já confundia os nomes, e haloperidol, e loratadina, porque minha garganta não sossegava. Tenho um acesso de tosse quando Sabina passa uma toalha gelada na minha nuca, e vejo quando Milena se aproxima da entrada com embrulhos nos braços. Penso na cara de coruja da manhã e surpreendo os três com uma risada de vilão. *Não se amansa leão com mão boba*, Sabina conhece, dava tapas nas minhas costas, beliscão no braço, a sombra ali na janela. Aí diz para Milena que está tudo bem e, pedindo licença, fecha a porta de casa.

A psiquiatra recomendou que não me deixassem sozinho, sobretudo em fins de tarde. *A hora perigosa*, dizia Fabiano. Dureza, ter o contato da médica na agenda dos amigos. Um dos efeitos colaterais dos medicamentos de orçamento bilionário, desenvolvidos em cooperação multinacional e testados em camundongos ao longo de décadas para salvar sua vida, é o de fazer você pensar em pular do quinto andar. Deve ser a velha novela do veneno e antídoto, ninguém sabe direito o que está fazendo. Ninguém sabe. Fazer o quê? Pegar um pacote de batatas fritas no armário da cozinha e descer para jantar com a melhor amiga, depois de ter tomado café da manhã com a melhor amiga, e almoçado com a melhor amiga, em mais um sábado de respiração forjada e asma espiritual, não só pela dor da distância, a frustração e o sentimento de injustiça que chicoteavam a existência tanto na vigília quanto nos pesadelos, mas porque os remédios combinados podem causar alucinações perigosas, como efeitos cromáticos de azul com amarelo esparramados no teto, ou nós dois procurando maritacas numa tarde de mentirinha. *Dorme comigo, vai*. Pergunto pelo Dênis. *O Dênis que se foda*.

Algum parafuso andava realmente solto na Sabina, mas não dou corda, dormiria no 22, espero até que ela se entregue ao ritual dos hidratantes e vou pegar leite na geladeira. Eu precisava tomar um copo de leite, não sei por quê, e já não via problemas em me flagrar executando ações sem sentido. Adiciono uma colher de Toddy. Um evento cromático. Lavo o copo. A borda está lascada em dois pontos. Fabiano era craque em lascar a louça, mas foi tanto calmante no sangue que nem dei trela para a associação. Sabina não comenta sobre a caixinha vazia em cima da pia nem sobre o leite derramado no chão. O cheiro de lavanda, que só a cama dela tem, e o dum dum dum do Samu, que chegava mais suave até o 22, me ajudaram a dormir.

Há dias em que você acorda bem mais velho que o resto da cidade, as distâncias dobram e a rua cheira a cueiro, as personagens do bairro com aquela frieza calcinante da juventude. O segurança do mercado não passa de um moleque, a moça da banca de eletrônicos é uma criança coberta de espinhas que acolhe os fregueses com saudações aborígenes, e aí a idade galopa, os quarenta anos ganhando espaço, mas tudo bem. Tá tudo bem. Eu estava mesmo enjoado de ser um deles, de pertencer à casta dos que ainda deixavam o coração bobear. Cinco quadras separavam o Concordia da estação do metrô, mas, naquele dia, pareciam dez. Segui em silêncio, Sabina ao meu lado respondendo a mensagens na telinha. Vi quando Damiana se aproximou pela ciclovia vazia. *Bom dia, príncipe.* A voz de fuligem, espessa. Sabina tomou um susto. *Bom dia, milady.* Damiana Deep era uma espécie de louquinha de bairro, uma transexual com corpo de louva-a-deus e um passado lendário como drag queen. A pele arregaçada pelo sol. Impossível arriscar uma idade.

    Samu havia me apresentado à moça numa das nossas jornadas noturnas pelo parque do Minhocão, enquanto Damiana levava o cachorro Max para passear. Durante o dia a dupla vagava atribulada pelo bairro, pedindo moedas no terminal de ônibus e adjacências, mas havia a hora sagrada do passeio, a pausa na mendicância. *Essa é a Damiana, man.* Damiana me lançou um olhar sério. *Damião por parte de pau*, ela disse. Tentei sorrir com o trocadilho, mas não consegui. Damiana Deep, então, pousou a mão entre as pernas. *Deep por parte de...* E congelou no meu rosto, aguardando uma reação de espanto com a postura brandamente hostil. Controlei minha expressão, tentei manter a neutralidade. Estendi a mão em cumprimento. Damiana balbuciou uma frase incompreensível, olhando conivente para o Samu, e bateu em retirada pelo elevado deixando minha saudação sobrando no ar. *Ela não toca em ninguém, man.* O arquétipo dos mendigos deambulantes, sacolas nos ombros, os penduricalhos na cintura, um bule, um par de sandálias de borracha, um cachecol em nó e ramos de ervas murchas, mas nunca usava farrapos. Com o correr dos encontros eu perceberia que os trajes eram sempre outros, frutos da bondade da classe média local, que oferecia peças da estação anterior em bolsas deixadas nas calçadas.

    Sabina era fã de Damiana. As duas trocavam dicas de estilo. *Um dia ainda faço um editorial com essa moça*, mas o fato é que nenhum cliente aceitava. As duas se cumprimentam com passinhos clubbers, obstruindo a calçada. *Bom dia, príncipe*, insiste Damiana com rispidez, então eu digo oi mantendo as mãos junto ao corpo, e pergunto por Max, sem jeito. *Está em casa, príncipe.* Bom, mande um abraço... Mandar um abraço para o Max, de onde eu tirava essas ideias? Estava em casa, o cão, mas onde morava uma sem-teto? Damiana bate palmas e, depois de jogar um beijo para Sabina, num pinote, vai embora decidida para o lado oposto ao nosso. Não olho para trás, mas escuto Damiana gritar, e imagino que grite para os transeuntes que a encaravam sem descanso: *ou todo mundo é doido, ou ninguém é*. Vem a ardência. Vem a pressão subindo até minhas têmporas. Era a variação de uma frase que Fabiano citava com frequência. Lembro em detalhes da primeira vez que ele a citou, estávamos na fila de um caixa eletrônico e um casal debatia sobre a possibilidade de um aborto, bem atrás de nós. Gente doida, comentei mais tarde, discutir tamanha intimidade em público. E Fabiano: *ninguém é doido, ou, então, todos*. Você acha mesmo? *A frase não é minha, é do Guimarães Rosa. Mas, sim, eu concordo*. E Damiana Deep vem com aquela. O mundo inteiro falava de Fabiano. O mundo teimava em me jogar o alguém na cara, e a ardência voltava quente. *Quem decidiu que a razão é o gabarito?*, Sabina pergunta. Eu respondi com um meio sorriso. *Somos todos doidos, fica tranquilo*. Sabina andava cansada de se curvar à razão. Os frilas escasseavam, o país em recessão, Dênis já não aparecia no Concordia, *ele tá trabalhando muito*, mas Dênis não parecia mal nas fotos que publicava, *é fase, quer ser promovido, não larga os colegas da firma*. Sabina driblava o fim, era isso, admoestando contra o sistema, contra as obrigações do capitalismo, e eu sabia bem o que era aquela história de enxugar gelo e ver o mundo pelo avesso. *Quem decidiu que a razão é o único caminho, Tato?*, pergunta Sabina com os olhos moídos de saudade, mas não espera a resposta, me dá um selinho e segue para o ponto de ônibus. Talvez eu, do mesmo jeito, estivesse esgotado, ensaboar o corpo todo dia porque é um rito saudável para os deprimidos, ou alisar a colcha, amarrar os cadarços, seguir bovinamente até o buraco do metrô e passar na catraca com o cartão fidelidade que me daria uma passagem gratuita a cada vinte viagens. Contar os passos de dez em dez para esquecer o certo alguém, só porque a OMS recomenda... Acho besta. Andava achando.

O metrô empanzinado de gente. Atravesso o saguão com gente apressada chutando meus calcanhares, aguardo ao lado de trocentos atrasados, entro no vagão empurrando Fabianos que freiam o fluxo. A porta ia fechando e Milena, minha vizinha sempre a postos, embarca. A bolsa quase fica presa para o lado de fora, e a imagem de portas se fechando à minha frente ainda era insuportável. *Evite as portas*, diz a razão, *evite as portas*, daí olho para os pés. Milena brincava com o chaveiro no passante da calça e Damiana Deep, por um segundo, volta a revirar meus pensamentos. *Todo mundo é doido?* Abaixo ainda mais a cabeça e estudo meus pés, daí ponho o dum dum dum para rodar enquanto me escondo de Milena e elaboro frases para abrir a sessão de análise que começaria dentro de meia hora. *Esvazie o pensamento. Baixe um aplicativo de meditação, é grátis.* Não me via mais em condições de suportar a impiedosa psiquiatria de bolso que meu time de amigos não parava de arremessar contra mim. Um pitaco por dia, até daria um livro. *Acenda uma vela para o universo. Os pés, desvie o olhar.* Eu não submeteria Sabina às mesmas receitas de bolso, que ela sofresse, que experimentasse as dores exigentes do fracasso. Pode ser um lugar rico, o fracasso. Fracasse, menina, não há remédio, e ninguém sabe de merda nenhuma. *Os pés, olhe os pés*, o mundo inteiro naquela sintonia de autoajuda pentecostal, e dá-lhe conselhos que eu não pedia. Samu aconselhava ao vivo, com o fala-que-eu-te-escuto próprio dos adictos, como um tutor existencial, os amigos capixabas tagarelavam via áudio de celular, um atrás do outro, *vamos te levar no terreiro, qual é teu orixá?* E os diagnósticos pendiam sem parar das cabecinhas especialistas, como se agora, com a casa nova e as sessões de análise, eu entrasse num novo patamar de cura. Cura de quê?

Entrei na onda, por algumas semanas. Tempo de escutar e colecionar frases. *Você está preso ao desejo e não quer largar o osso.* Não tinha osso para largar, eu respondia, os ossos estão aqui dentro, chacoalhando, eu apenas sentia e desejava, certo? Mas descobri que pouca gente se esforça quando o assunto é a dor alheia, uma estranha evasão se estabelece, *não era amor, era a ideia que fazemos do amor*, sim, a vida afetiva do vizinho não passa de uma alucinação piegas, pulp fiction da pior categoria. E os sentimentos não são, também, a ideia que fazemos deles? Como a gente faz para separar o troço e a ideia que fazemos do troço? Inventaram o idílio romântico num cafundó do sul da França, cavaleiros medievais inebriados com juízos platônicos e cristãos, donzelas castas e esposas atormentadas pela vontade irrefreável de pular a cerca do castelo, daí fomos aprendendo a acreditar nessa balela de completude impossível, como se a metade da laranja fosse a essência do humano, e agora os amigos vinham me dizer que eu, *você, Tato, presta bem atenção*, eu confundia alhos com bugalhos, *não é amor, é só a ideia que fazemos de amor*... Vá... *Era vício*, sim, um ano sem Fabiano e eu ganharia uma moedinha comemorativa. Samu ficou meio puto com a piada, e devolveu na bucha, *é codependência, é o que você está vivendo*, e esse termo ainda soava como novidade, não consegui localizar no manual DSM que fucei tantas vezes na internet. Bem, talvez o termo entrasse em uma próxima edição, mas, enquanto isso, o conceito de codependência parasitária já circulava às pencas na grande rede de diletantes. Tudo, de uma hora para outra, ganhava a tarja de codependência emocional e seus ganhos colaterais. *O que você ganha com esse sofrimento, Tato?* Todos doentinhos, escorados nas doenças uns dos outros. *Era só paixão, e paixões são surtos psicóticos de longa duração.* Sim, foi um longo e belo chilique a dois. *Você deve ter se impressionado pelo acaso, com as coincidências.* Então argumentei que, num filme, Susan se apaixonou por Gerry pelo gesto singelo que ele exibia ao pingar adoçante. Bonito, isso. Li um romance em que um sujeito se encantou pela futura esposa ao ver as sandálias balançando ritmadamente nos dedos dos pés dela. Não é bonito? *Mas é ficção, caralho*, essas merdas que Fabiano lia, *não há nenhuma conexão com a vida*, desconsidere Susan e Gerry, e as sandálias dançando na ponta dos dedos... Para que, afinal, a humanidade se reuniu por tantos séculos ao redor de fogueiras, gastou tanto tempo com historinhas? *Foi só identificação, não chegou a ser amor.* Agora, segundo as regras vigentes de sucesso compulsório, o afeto abortado passa a ser o componente de um afeto, e não um afeto em si, *olha aí, é desejo*, e fica estabelecido, com a estranha história de Tato e Fabiano, que o troço de quatro letras, o sentimento mais nobre que um homem corre o risco de sentir, esse trocinho e o desejo são tão diversos quanto o cu e as calças. *Essa história não acabou, o que vocês tiveram é raro.* Amém. *Quem sabe um dia vocês se esbarram de novo*, agradeço, mas prefiro não contar com reviravoltas, *e fazem uma terapia de casal*, sim, já começaria a economizar. *Mas gostar não é um pouquinho doença?* Não é? *O sexo era bom.* Muito. *O Fabiano era gato.* Ainda é. *Projeção, ele lembra um pouco seu pai.* Sim, o nariz de batata. *Você já viveu uma história com um Fabiano.* Não, mas teve um Fabrício. *Você só se apaixona por caras com nomes começados por F, tem que ver isso.* Teve bastante, mas Jeremy era com J. *Vocês se encaixavam muito fácil, era uma complementaridade estranha, você não desconfiou?* Sim, mas se tudo acabasse bem, e nos casássemos em um cartório, e déssemos um almoço festivo em comemoração, era porque estava escrito, e porque Netuno teria entrado em alguma casa. *Escorpião com Leão não encaixa. Eu devia ter feito o mapa do casal. Lua em Aquário*, Vênus em Sagitário, Plutão em Câncer, tomar no cu. *Um sentimento tão forte não existe, os sentimentos verdadeiros acabaram*, e a escapatória poderia ser registrar amarguras em muros, na forma de frases positivas e fotografáveis. *There should be a course in the first grade on love*, me enviaram essa, do Andy Warhol, em forma de lambes. Devia ter treinamento, simpósio, matéria obrigatória. Mas não tem. *Relacionamento é paz, relação verdadeira tem que trazer boas ondas*, me disse uma amiga querida de Cachoeiro, ainda acreditando que sentimentos são sementes que deus deposita nos nossos coraçõezinhos aflitos. *Era mesmo doença, Tato*. Era, então. E até os psiquiatras começam a concordar que ninguém é doente, ou, então, todos. Todo mundo achacado com essa história de sentir torto. Estavam para lançar um novo distúrbio, o de parecer normal. Juro. Parecer normal é bem esquisito.

Você quer contar essa história?, perguntaria a analista. Sim, eu contaria sobre Damiana Deep e minha inesperada condição de príncipe, e sobre a frase do Guimarães Rosa que a mendiga havia ressuscitado, e sobre a coleção de diagnósticos do Samu e da turma de Vitória. Muito neurônio para alongar. Mas antes precisava fingir que Milena não estava no vagão, a esposa do escritor enrolava os cabelos com os dedos como se quisesse ser notada. Aumento o volume do dum dum dum e, para não parecer concentrado demais, desvio o rosto para o teto. Encaro o teto, mas não há nada no teto. Penso em engolir um ansiolítico, mas volto aos pés, *evite o teto. Todo mundo é doido*. Os psiquiatras estavam prestes a assumir, certeza, seria necessário internar dois terços do planeta e acatar que o diz que diz de DSM, DSM-I, DSM-5, esse catálogo monstruoso de moléstias que alguns escolhidos compilavam para mudar a lente dos comportamentos e trocar a legenda dos sentimentos, com atualizações parecidas com as de programas de computador, que essa lista de perturbações como transtorno de ansiedade, transtorno esquizofrênico, obsessivo-compulsivo, ou de personalidade narcisista e antissocial, não pegaria nada bem admitir que essa patacoada não ia mesmo parar de crescer, com disfunções que há um par de décadas nem sequer existiam, as perturbações se multiplicando em metástase. Transtorno pós-traumático, ou de estresse, ou de somatização. As atualizações seguiriam e, um dia, um psiquiatra corajoso e extremamente esperto talvez decidisse que o troço, o sentimento que, dizem, faz o planeta girar, não passa de um transtorno de quatro letras, e talvez ganhasse milhões com cursos à distância e best-sellers nas livrarias. Vai ter cura, vai ter vacina. Daí o mergulho será fundo, pode crer, e dobraremos o tamanho do material a cada ano, virá o transtorno de verão, que é aquela bosta que se dá em situações de exceção, como, por exemplo, um troço que nasce em meio aos fogos de artifício de uma cidade balneária, ou o transtorno bandido, que aumenta na razão inversa dos afagos, e o transtorno incondicional, transtorno de mãe, transtorno da minha vida, ou além da vida, e o transtorno platônico, que se desenvolve entre pessoas que não verbalizam a patologia, sim, mas também entre pessoas que alimentam a doença à distância, um em Vitória e o outro numa viagem a Portugal, a terra das benditas andorinhas, logo depois de iniciarem um estágio anterior de perturbação, o transtorno à primeira vista, que exige medicações bem mais agudas. Haveria o transtorno ímpar, os combalidos que acreditam piamente em destino sendo devorados por bactérias enquanto esperam tampas de panelas perfeitas, gritando de dor sem ninguém para escutar. Transtorno em Cristo. Transtorno ao próximo. Transtorno a toda prova, transtorno animal ou cigano, transtorno de índio, transtorno de Sole Mio, transtorno fati, de ocasião, de fachada, transtorno de pica ou de carnaval. Transtorno Sublime Transtorno, que você desenvolve em salas de cinema, Transtorno nos Tempos do Cólera, loucurinha de livro, Transtorno Meu Grande Transtorno, ou Todo Transtorno que Houver nessa Vida, porque a gente escuta música o dia todo e, quando vê, embarcou em recaída, essa gente perdida de tanto querer inventando ainda mais transtornos para nossas vidas ocas, uns pobres afrontados cantando transtornos reprimidos, transtornos escondidos, ou proibidos, ou de novela, que é um tipo mais pesado que o de cinema. Daria um compêndio de dimensões enciclopédicas. A indústria farmacêutica vai fazer a festa. Em caso de paixão, não dirija. Na possibilidade do encontro, e se os sintomas persistirem, consulte um especialista, e daí o clínico geral examinaria sua língua e revelaria que você foi acometido por um caso raro, especificíssimo, o recém-lançado transtorno de virada de ano com Fabiano. Você vai dizer que já desconfiava, meu deus. *Evite o centro histórico de São Paulo, as canções do Kid Abelha, o sukiyaki na Liberdade. Evite a todo custo, e não esqueça de ir à academia e tomar os remédios.* É grave? *É grave.* Eu vou morrer? *Você sobreviverá, mas pode ser que veja a morte chegar bem perto.*

A razão diz *não olhe pro teto*. A estação Brigadeiro chega e, num jorro, me espremo entre os passageiros. Mas não adianta, Milena desce na mesma parada e finalmente me assalta. *Também faço análise por aqui.* E, pelo visto, no mesmo horário. Eu não queria uma colega de metrô, mas digo que sim, que seria ótimo ir com ela para a terapia. E talvez fosse bom, de fato, entrar e sair do vagão com Milena, Milena e eu analisados e calminhos, fazer happy hour da sessão. Milena, Samu, Damiana. As pessoas se juntam, de algum jeito, e eu precisava de calor. Eu precisava, diria a Sabina, justificando minha amizade com a vizinha. Nos despedimos na esquina da Paulista. Uma hora depois, nos reencontraríamos para pegar um filme. As pessoas se juntam. E fui deixando.

Saí da sessão de análise com dor na garganta. Não que eu tenha falado demais. Acredito que a busca pelas palavras, só o intento, já tenha bastado. *Não conseguir encontrar as palavras quando precisamos, é extenuante*, Milena elaborou, e não parou de elaborar e tagarelar, os passageiros à nossa frente até torciam o pescoço. Tínhamos acabado de assistir a uma comédia italiana bem rasa e percebo que para Milena o filme funcionou como uma alforria. O companheiro escritor só gostava de filmes cabeça. *Todo mundo é louco*, Milena concordou, *interessante*, e se ensimesmou por alguns segundos. Eu olhei para o teto. *Interessante*. E o cujo estava ali, como um pigmento misturado à tinta do revestimento.

Vi Fabiano pela primeira vez num vagão como aquele, em algum ponto entre as estações Vila Madalena e Consolação, na mesma linha verde do metrô de São Paulo. Capixabas são alucinados por metrô. Juro. Eu estava atrasado para uma reunião num estúdio de arquitetura que executaria um projeto pontual para um cliente do meu pai. O cliente cismou que o projeto precisaria ter assinatura, um stand de lançamento de um prédio com coisinhas girando e piscando, e planejado por um desses estúdios-butique em que cigarrinhos de Cannabis indica circulam de mesa em mesa para todo mundo dormir gostosinho. Então eu estava à vontade, usava tênis, uma calça jeans sem lavagem e uma t-shirt novinha. Os capixabas escolhem bem as roupas que usam em São Paulo, a gente adora questionar a soberba econômica e cultural dos reis do Sudeste, mas sucumbimos. Eu tinha comprado a camiseta em Londres. A camiseta ostentava uma estampa prateada com dizeres em sueco que, quando fui pesquisar, anos depois, parecia ser uma gíria mal traduzida do inglês, que, mal traduzida para o português, podia ser algo semelhante ao nosso tô na minha. *Tô de boa*. Isso, tô de boa. A gente põe cada coisa estampada no peito. Quando comprei a camiseta não sabia que usaria em uma viagem a São Paulo, mas sabia que a estrearia numa ocasião especial. Sempre quis morar longe do Espírito Santo, e, se não fosse para morar no exterior, para onde mais eu iria? *Como assim? Você sempre quis morar em São Paulo?* Não foi isso que eu disse, eu disse que queria morar fora, sair um pouco de Vitória, *como assim, será que não queria fugir da família e daquele catimbó provinciano?* Muito bem, sair do armário, radicalmente, ou algo ainda mais complexo que isso, fugir da minha tia e dos dentes brancos e católicos da minha tia, fugir de tudo o que minha tia representava com ganchinhos e espelhinhos, minha tia dizendo para abrir bem a boca, que ia fazer *um pouco de cosquinha*, jaleco branco, penduricalhos brancos, aquela brancura asfixiante, minha tia polindo dentinas endinheiradas da Praia do Canto. *Como assim, precisava fugir?* Ô Fabiano. É o tipo de pergunta que Fabiano faz. *Como assim devorou num minuto? Como assim pulou fora?* Cheguei a pensar que o cujo carregasse algum traço autista e não captasse figuras de linguagem, mas não, ele era obcecado por literatura, abocanhava uns volumes que eu abandonaria nas primeiras páginas, lia até em francês. *Como assim?* Era um divertido tique de linguagem.

Vi Fabiano logo que entrei. *Como assim?* Você no metrô, o aspecto surrado da bermuda preta, não um surrado químico, de parecer surrada, não um surrado de shopping, era roupa com uso, coisa de uns cinco verões, e uma camisa manga longa de flanela vermelha com a qual não cheguei a cruzar durante o tempo em que vivemos juntos. A modelagem justa da camisa não coordenava com o conforto da bermuda, nem o conjunto com a pessoa. E, posso dizer, nem Fabiano com o metrô. Ele é esse tipo de sujeito que carrega a solidão para onde vai, faísca na multidão. Entendi tudo. Não tinha como não ver. Vi e quis. Deixei meu banco e fui esperar perto dele a chegada da minha estação. Quando o trem se aproximou da Consolação soltaram a gravação de advertência, *mantenha-se afastado da porta caso não vá descer*, e Fabiano deu um passo para trás. Também recuei, na esperança de trocarmos olhares, o metrô é realmente um lugar excitante. Fabiano encarava o teto. Não havia nada no teto. Fabiano em vertigem para o alto, na fadiga ordinária das pessoas em trânsito, o esgotamento paulistano dos dias de calor. A hora do meu desembarque chegou e avancei, calculando a distância para, quem sabe, uma ralada de leve. Aí aconteceu. *O evento mais constrangedor da minha vida.* Foi mesmo constrangedor, um raio de bênção e danação, o fecho do meu relógio enganchou no passante da bermuda surrada, os passageiros pediam licença, se desceríamos ou ficaríamos, meu corpo empurrado pela enxurrada, eu era um Quasímodo com o braço esquerdo esticado para trás. Fabiano me puxou pelo punho e deixou a passagem livre. Eu disse que precisava descer ali. *Eu só desço na próxima.* Eu precisava mesmo descer, e pergunto se ele não poderia desembarcar e pegar o trem seguinte, *você pode seguir comigo até o Trianon e depois voltar uma estação*, e eu disse que não, que estava atrasado e que não era dali, um capixaba em São Paulo, sabia eu onde ficava o Trianon? Daí puxei meu braço, apesar da excitação, ou talvez por isso mesmo. A fivela arrebentou, o pino da pulseira se perdeu e enfiei o relógio no bolso, mal deu tempo de pegar a porta aberta. Ô Fabiano. Não acredito em destino. Mas o acaso é um filho da puta. O acaso, quando dá uma de estrela. O acaso, quando se disfarça de Mercúrio na casa quatro, ou na carta do Louco colada à carta do Mago, quando o acaso ri da nossa cara ou oferece o presente mais lindo, essa flechada, essa porra de cupido que já vem instalado de fábrica.

Milena me dá o braço assim que emergimos da estação Marechal Deodoro. Eu não quero andar de braços dados com Milena, e já me arrependo das confidências. Ela insiste. Não somos tão íntimos assim. Damiana Deep passa do outro lado da rua levando Max para passear, e peço aos céus que a louquinha grite, que chame pelo príncipe. Milena morava havia anos no bairro, mas não sabia quem era Damiana. Como assim? Uma criança cruza nosso caminho e uma boneca dorme no seu colo, uma boneca com cabeça. Uma queima de morteiros. Milena mora há anos por ali, mas não sabe que os morteiros marcam a chegada de drogas na Favela do Moinho. Como assim? *Como assim?*

Três anos depois do incidente no metrô, fomos apresentados um ao outro durante uma festa em Copacabana, e Sabina, de pileque: *Como não tratei de apresentar vocês antes, como assim?* Não percebi, na hora, que minha amiga imitava o tique de linguagem do Fabiano. A imitação era boa. Passo a mão pelos cabelos fartos e alisados da Sabina, Fabiano afaga a tatuagem recente de uma cereja estilo pin-up, e fica bem claro que somos amigos íntimos da mesma mulher. *Acho que falei do Fabiano pra você, o cara que trabalha na prefeitura.* E reconheço instantaneamente o rapaz da bermuda surrada. *Esse é o Tato, aquele meu amigo de Vitória, fizemos o primário juntos*, e o moço que trabalha na prefeitura custa a me reconhecer, há tempos não pensava no incidente do metrô, *deus do céu, era você, o menino do relógio?* Era eu, e era ele. *Como assim?* Aderi à brincadeira, a do como assim. E abusaríamos do jogo, Fabiano me encheria de como assim, eu mandaria meu namorado ir catar coquinho e a gente se agarraria feito uns vira-latas, *como assim?* Parvos. Confesso que contei sobre o jogo-do-como-assim para alguns amigos, tentando ignorar o fato de que ninguém vê graça em jogos de casal. É, a gente fala demais quando sente borboleta no estômago, a gente diz asneiras como borboleta no estômago. Sabina nos introduziu formalmente e foi saber por onde Dênis andava, deixando uma piscadela alcoolizada para cada um. Fabiano e eu continuamos a conversa perto da janela que dava para a orla, de onde assistiríamos aos fogos da virada de ano. A queima prometia, não sei quantas toneladas de pólvora, efeitos inéditos, e daí a conversa engrenou e nós nunca mais paramos de falar. Sim, eu trabalhava no pequeno escritório de engenharia do meu pai, com marketing, e cumpria qualquer tarefa que ele exigisse, trabalhar com marketing na empresa que seu pai comanda não passava disso. O sorriso enrugado se abriu. *É,* ele trabalhava na prefeitura de São Paulo, assessoria de imprensa, mas queria mudar, *prefeitos não são tão diferentes de pais,* e daí seguimos, o mundo podia acabar a qualquer momento. Os fogos vieram só para justificar o primeiro abraço. Sabina beija o futuro casal com o rosto comovido, diz aquelas obrigações todas de Ano-Novo e vai embora com Dênis e uma turma que parecia saída de um editorial da Vogue. Daí Fabiano se aproxima, desajeitado, logo que a turma se afasta, minhas costas contra a janela, os últimos clarões no céu, Fabiano se acerca balançando o tronco e segura meu antebraço, dá uma beliscada de leve, e eu seguro na cintura dele e passo as costas do indicador pelo osso saltado do quadril, e ficamos cara a cara, a testa marcada e a mancha na pupila. Fabiano me deu um beijo, ou fui eu que avancei. Não sei. Era como se uma peça tivesse sido forjada especialmente para ser conectada a outra peça, também especialmente forjada, e que uma máquina delicada e imensa dependesse desses dois componentes funcionando juntos, e essa máquina estivesse ali para erguer uma ponte e ligar os dois lados de um rio, e era como se a qualquer momento aquele amontoado de aço pudesse cair e afundar na água, e tudo dependesse dessas duas peças em fricção. Mas a máquina não caía. *Seu beijo é espetacular.* Não encontro a imagem adequada, mas era mais ou menos isso que eu queria dizer. *Seu beijo, menino, é espetacular.* Ninguém beija sozinho, eu digo, já com as estrias abertas, você como um estilete riscando a argila. Ninguém, beija, sozinho. E não larguei mais a mão do Fabiano.

    Eu simulo um cadarço desamarrado e me livro do braço da Milena. Invento uma emergência, preciso urgentemente passar na drogaria. Milena quer me acompanhar, e digo não, preciso correr, jogo um adeus para o alto e dobro a esquina. *Ninguém é doido*, mas pessoas são bichos exóticos, é o que Milena deve ter pensado. Certeza que pensou isso. Fui andar pelo bairro, às oito da noite subo no parque do Minhocão, fico por lá até as dez. Mas não encontro Damiana Deep para me chamar de príncipe.

O prédio em frente ao Concordia é um espigão azul-bebê com detalhes em magenta e cinza-claro. Não tinha mesmo como dar certo. Janelas e varandas minúsculas, uma fachada que deixaria Fabiano revoltado. Abrigava bastante gente solteira, um festival de homens, e a combinação de homens solteiros com bairros do centro, a gente sabe: era viado a granel. Eu me arrisco a dizer que pelo menos metade dos moradores era gay, mas Sabina acha que é distorção de filtro. Muitos jovenzinhos com a barba aparada além do ponto, muita bicha pão-com-ovo com cabelo esculpido e alargador de orelha incompatível com o formato do rosto. Fabiano me acusava de preconceito contra os viados do centrão e da zona leste, mas a verdade é que ele usava os mesmos termos. *A gente pode usar, Tatinho, porque somos da mesma matéria.* Então qual era o problema? *Sua entonação é um pouco pesada.* Entonação pesada de quem nunca conviveu com tanto gay na mesma cidade? *Entonação de quem não saiu totalmente do armário.* O dito-cujo adoraria espiar comigo as ceninhas quentes que brotavam do espigão, amassos na varandinha, e sexo nas salinhas, mas geralmente na cama, em frango assado, que eram gays conservadores, gays que planejavam constituir família, casar em cartório e desenvolver relacionamentos monogâmicos com fotos em feijoadas na casa das amigues, e com muito drama, muito desabafo, sim, muito não venha que ele tá aqui, muito eu não ia dizer mas vi teu marido no aplicativo, vi teu bofe dando pinta no shopping Frei Caneca, sabe como? Agora tem esse papo de novas famílias, a comunidade planejando a velhice sem filhos, ir morar todo mundo junto no Guarujá depois dos setenta, sim, mas quero ver concatenar a lista de amigos que não podem cruzar uns com os outros. Para dar festa, contudo, ninguém melhor que amigo viado, *clichê, Tato, o mundo gay é tão variado quanto o mundo hétero*, eu acompanhava as farrinhas na área comum do edifício tricolor, testosterona aos baldes, convidados com o mesmíssimo corte a máquina e estilo de roupa, dava até para dublar as conversas em dialeto. Bicha que se trata por bicha, olha ela, bicha que fala ai mona que babado, que catei um bofe, que a senhora é casada, comporte-se... Clichê não dá em árvore, mas dá em apartamento de trinta metros quadrados com chão de taco. *Como você é preconceituoso.* Na planta de cinquenta metros, a das laterais, as bichas têm espaço para pendurar molduras antigas e cultivar temperos em jardineiras, num estilo de vida mais arejado, com amigas amapôs e nariz torcido para o vizinho uó que usa camiseta com logo de academia. Tem lésbica também. Mas fancha fecha a cortina para trepar. *Ai, Tato, cala essa boca.* E dá-lhe pugs e whippets a partir das seis da tarde, a cachorrada cheirando rabinhos antes de o dono ir puxar ferro na academia e voltar para assistir a séries, tigela de ração e shake de proteína, futum da porra, cão e dono peidando num sala e quarto. Tomar no cu. *Você odeia ser gay.* Não era verdade. A rua cheirava a enxofre nos fins de semana.

    A psiquiatra havia me receitado exercícios duas vezes por dia, com pesos e esteira, mas eu não pretendia encarar tão cedo o resumo da viadagem local. Além disso o Barão frequentava a única academia apresentável num raio de dois quilômetros, e eu ainda não me via apto a trombar com os amigos do Fabiano. Ainda mais com o Barão, gargalhando com o smartphone acoplado, o dia inteiro orbitando pretendentes em aplicativos de encontro e disseminando memes em seus incontáveis grupos virtuais. Fabiano me mostrava os vídeos que Barão não cansava de despachar para os grupos, alguns de rachar o bico, confesso, mas chega um ponto em que a gente começa a namorar em equipe. Por isso viado briga tanto, não tem medida, tenta compensar a solidão da infância com oito, dez melhores amigos. Nem tem assunto para tanto. *Você é estranho.* Eu não me arrisco. *Podia calar a boca de vez em quando.* O único grupo que tive em comum com o dito-cujo foi um que Sabina fundou, porque desde o início se sentiu a madrinha do casal, queria saber de tudo e lançou o VIX-GRU, formado por nós três e Dênis. Quando Fabiano e eu nos separamos, pairou um clima ruim nos celulares. Um dia fui rever as mensagens antigas e espocou o aguardado *Fabiano deixou o grupo.* Um tempo depois Sabina e Dênis tiveram a briga irreversível, um bate-boca no cinema por causa do tal fim de semana na praia e do laconismo na web, e *Dênis deixou o grupo.* Sobramos Sabina e eu naquele espaço enorme, fazendo eco, e um grupo constituído por nós dois, bem, não era um grupo, somos Sabina e eu assistindo à reprise do Seinfeld e fumando beque no domingo, ouvindo Air Supply com as luzes apagadas para espionar os vizinhos e analisando juntos os perfis nos aplicativos de namoro, que ela montou para mim, e redigiu o texto, e escolheu as fotos, e até mesmo a ordem das fotos. O VIX-GRU, contudo, não foi desativado. Uma espécie de resistência. Ou esperança.

    A vida de Sabina deu uma guinada sexual depois do rompimento com Dênis. Tem gente assim. *Não aguento mais hétero branco*. Era o discurso da hora, homem branco soava como palavrão. Nada parece complicado para Sabina quando o assunto é trepar, então, em quinze dias, escondendo o sofrimento e fazendo muque, saiu com um ativista da periferia que conheceu numa balada de preto em Santa Cecília. O rapaz trocou telefone, mas só foi dar trela uma semana depois, longe dos amigos, porque catar moreninha clara na balada nem pegava bem. Liderava um coletivo de teatro com peças musicadas em funk melody, flertando com rap e com batuques bem encaixados de samba, e lá fomos nós até bairros que não se vê escrito nem em ônibus do terminal Barra Funda. A periferia de São Paulo funciona em outra chave. Na hora da diversão a turma realmente se diverte, nada de vitrine, nada de conversas sobre fazer carreira na firma, por exemplo. Hora de lazer é hora de lazer, e na hora de falar sério vinha aquela carga, que não é a mesma carga de quando os bem-nascidos reclamam do governo ou da situação de abandono dos prédios históricos. Nunca vou esquecer de uma apresentação numa praça sem árvores do Grajaú, um ator singular, um cafuçu colossal com a cabeleira em tranças debaixo do sol, Sabina e eu besuntados de filtro 50 e sentindo o texto como se fosse representado exclusivamente para nós. *O que é que vocês queriam, dão merda a vida inteira pra gente comer e agora querem o que de volta, chocolate?* Eita. Nunca senti tão forte como deve ser vida de preto. O coração afunilou ainda mais, não bastasse o luto que roía fundo. Sabina seguia firme a orientação da psiquiatra, não me deixava sozinho nos fins de semana, e eu precisava ir namorar com ela, a tiracolo, como um irmão mais novo, Sabina controlava até minhas idas ao banheiro, porque achava que eu ia chorar. E eu ia. *Vai chorar no banheiro, eu espero.* Mijava e chorava, vomitava e chorava, e às vezes só chorava mesmo, e saí daquela tarde de Grajaú ainda mais fodido, e com sensação de culpa, um pequeno-burguês que sofre por trepadas românticas.

É complicado. Complicado afirmar que faz ideia do que seja ser negro quando você é inegavelmente branco. Ser negro não é o mesmo que ser homossexual. Nunca fui parado pela polícia, mesmo dirigindo meu fusquinha 72 e usando um cabelo de maloqueiro até os vinte e três. Sabina discordou. *Eu acho parecido, sim.* É uma filha de mãe negra com pai branco, mas nunca conversamos com sinceridade sobre o assunto. Nunca. Tabu dos bons. Assim como Sabina e sua escova progressiva, minha geração de amigos gays aprendeu a se disfarçar muito bem atrás de estampas florais de surfwear. Ainda mais em Vitória, e nos anos 80. O armário era um lugar enorme. A vida de um gay talvez seja parecida com a de um sujeito que é fruto de uma família negra, sim, mas que tenha o fenótipo puxado para o caucasiano, como Sabina, e que pode ou não levantar a mão se um ator gritar em uma apresentação de teatro: *tem preto aí na plateia?* Daí tanto a opção de erguer a mão quanto a de não erguer vai te encaixar numa solidão que não é brincadeira. *Pretos e bichas sempre sabem por que estão apanhando.* E aí concordei com Sabina, mesmo tendo um pai bacana, mas que diz coisas como *lá vem a bichona do Ney Matogrosso*, mesmo com a mãe porreta que eu tenho, mas que diz coisas como *quem é Jociele, é aquela sua coleguinha de cabelo pixaim?* É, mãe. *Com esse nome...* A gente sabe, não sabe? Bichas que nascem no país que mais mata bicha, o mesmo lugar em que policiais chacinam metros e metros de preto, onde espancam traveco, ajoelham lésbica no asfalto quente, humilham nego com fuzil, lâmpada, cano no cu, *pra aprender a ser gente, falar português decente, ser bem comida pra aprender a gostar de pica.* A gente sabe por que não é promovido e por que teremos o currículo arquivado para uma próxima oportunidade. *Evite opiniões polêmicas.* A gente sabe por que se mete em gueto, clube sem letreiro, prefere as ruas desertas e os banheiros de galerias. A gente sabe por que passa gel no cabelo ou alisa o picumã. Sabe dos olhares. Dos vizinhos. Porteiro. *Aquele seu brother de voz engraçada, aquela amiga que anda meio assim. Um preto tão bonito, olha só.* Viado sabe o que é isso, *ah, que desperdício*. Preto deve entender a gente. *Ô Tato, pra que tanta agressividade... Ê,* titia. *Abre a mão, dá um sorriso.* Cala a boca, minha tia. Dão bordoada, exigem voz baixa e modos condizentes, dão merda pra gente comer, e aí? Brigadeiro e balinha de coco? No cu.

Eu tinha uma leve certeza de que todo preto, se fizesse força, entenderia minimamente os viados, e vice-versa, até passar por um perrengue num ponto de ônibus. Devo mesmo ser ingênuo, um capixaba criado em bairros com guarita, dos pés à cabeça. O país tinha acabado de eleger um presidente de extrema direita que não hesitava em expelir declarações homofóbicas, xenófobas, misóginas e racistas durante a campanha, o demônio triunfou declarando guerra aos direitos humanos num país onde a maioria não passa de um enorme embrulho de minorias, e como? *Como assim?* A ação inaugural do governo, no dia 1º de janeiro, o ato prioritário do novo presidente de um país com fome, e violento até o talo, foi a assinatura de um documento que retirava a população gay das diretrizes de direitos humanos, num gesto gratuito e explícito de ódio. Governar para a maioria, o lema. Era como se estivéssemos numa arena romana e o algoz, agora, trancasse os portões por fora. Fabiano e eu voltávamos de uma festa na Mooca, alucinados para comer um sanduíche de pernil no Estadão. Mas aí Fabiano sente uma dor no tornozelo, porque andava exagerando nas corridas, e pede para sentar. Sentamos no meio-fio e eu comecei a massagear o tornozelo dele. Até que, exauridos, fechamos os olhos. Minha cabeça encosta no ombro do Fabiano e pronto, foi só isso, éramos dois sujeitos escorando o cansaço um no outro. Despertamos do transe com uma escarrada na cara. Dessas de chuveirinho. Um homenzarrão de quase dois metros, obeso e negro, um preto retinto, a cara larga e os olhos empapuçados, a camisa sintética com uma Nossa Senhora Aparecida estampada e uns dizeres na linha do abençoai. O homenzarrão se afasta, festejado pelos parceiros, abrindo uma gargalhada, e embarca num ônibus. Fabiano e eu tremíamos e, autômatos, limpamos o cuspe um do rosto do outro. Tinha cuspe na roupa, nos cabelos. Resolvemos voltar de táxi em vez de esperar o metrô abrir. Um negro pobre, gordura alargando as mangas, mais oprimido que eu e Fabiano somados e multiplicados, com uma santa preta colada ao corpo e cuspindo em dois sujeitos cochilando na calçada. Alguma coisa tinha dado errado com ele e a cacetada de erros saiu num escarro, e não havia como dissociar aquele escarro do momento político. E se eu fosse capaz, e se ele fosse baixinho e estivesse longe dos parças, e se me sobrasse alguma energia depois da orgia alcoólica, sei que eu poderia alimentar aquele dominó e empurrar o brutamontes na frente de um carro. Eu gostei da ideia. E eu teria feito.

Alguns meses depois da noite do escarro vivi meu segundo rasgo pós-separação. Achaque número dois. Eu pedi. Quis dar uma de forte e, em vez de seguir até a praça Roosevelt, onde me encontraria com Sabina, que apresentaria seu novo moço às amigas, desviei na Rêgo Freitas e passei em frente ao prédio do Fabiano. Na altura do botequim onde costumávamos nos abastecer de cerveja gelada, desacelero. Fabiano está lá dentro, em pé, olhando para o aparelho de tevê pendurado no teto. Mas não paro. Afasto a comichão, o impulso de falar com o alguém, ou chamar a atenção de algum jeito, a médica foi taxativa, eu não podia me aproximar, nem virtualmente, e obedeço. Obedeço, mas, passando pela agitação do ponto das travestis, já quase em frente ao furdunço da L'Amour, não aguento, daí viro a cabeça. Agora Fabiano caminhava na direção de casa e, de repente, também se vira, e nossos olhares se enredam. Ele carregava uma sacola cheia de cervejas verdinhas, eu levava uma garrafa de tequila que Sabina e as meninas entornariam na minha garganta, e os dois suportavam no lombo uma miséria colossal, um desamparo que podia ser visto do espaço, e caminhamos cada um para um lado, dois moleques sem grana perdidos numa loja de brinquedos, éramos nós, juro, trocando olhares com as costas viradas, interditados por conselhos médicos e receitas de farmácia longas e caras. Viro. Sigo em frente, o corpo glacial, até a ponta dos dedos.

Eu não segurei. Mesmo encachaçado num dancing bar da Augusta, mesmo com tantas meninas divertidas ao redor, incluindo a sem juízo da Roberta, uma mulher viada, como se diz, tão entusiasmada quanto incômoda, *ai menino, amei você*, dessas que leem sua personalidade baseadas na cor da sua camisa, mesmo deliciosamente acolhido me afasto do grupo e abro meu smartphone para ver, pela última vez, uma postagem do Fabiano, antes de nos bloquearmos para sempre no mundo virtual. E ali estava o destino das garrafas de cerveja, Fabiano e o alemãozinho descamisados na sala de casa, a primeira foto dos dois sozinhos, no pequeno cosmo em que vivi, no espaço onde trepávamos duas ou três vezes ao dia, alucinadamente, a vitrola sem agulha, a luminária amarela que ajudei a escolher, o Freddie Mercury atrás das jiboias em cascata. É a primeira vez que vejo os dois assim, tão juntinhos, e fazia menos de dois meses que havíamos nos separado. Eu chispei do dancing bar sem me despedir, nem paguei a conta. Sabina e seu novo moço desabam atrás de mim, me agarram pelos braços e pescoço, e, quando me dou conta, estou fazendo exercícios de respiração no meio da praça, Sabina e as amigas segurando minhas mãos e afagando minha cabeça, meus olhos cegos de ódio. *Um surto psicótico, Tato.* Eu estive do outro lado, Fabiano, o monstro também mora aqui dentro. E se você estivesse na minha frente, e com o alemãozinho, e se existisse ali um trilho de metrô, e um trem se aproximasse... Sabina me ajudou a tirar a sujeira da roupa enquanto Roberta pegava o carro no estacionamento. A garotada que comia pizza na Roosevelt acompanhava a novelinha à espera de uma morte, uma ambulância ou algo que pudessem compartilhar em rede para depois comentar que *a bagaça tá foda, até os tios tão pirando*. Eu não aguentava ficar ali, eu não aguentava ficar parado e, numa distração da Sabina, corro outra vez. Ninguém me alcançou.

    Desço pela Ipiranga e adentro a praça da República. Para tomar fôlego, deito num banco. Eu não parava de chorar. Depois de me acalmar minimamente com mais um ansiolítico, o último da cartela que não saía mais do meu bolso, tive a impressão de que as copas das árvores se curvavam na minha direção. Acho que Roberta me empurrou algum aditivo, talvez a tequila tivesse sido batizada. Penso nas bonecas, daí me dá pânico, começo a zanzar aluado pela praça. Não faço ideia do tempo, mas, se fui visto, talvez tenham enxergado um maníaco, ou um miserável tentando encontrar o caminho até a Cracolândia. Posso ter entrado no laguinho porque, voltando para casa, farejando bonecas sem cabeça em cada canteiro do trajeto, senti o tênis encharcado. Não conseguia mais andar, o efeito do ansiolítico bate forte e sinto nojo dos meus pés. Tiro os tênis, as meias, e sigo descalço. Tento contar os passos. Chegando ao começo da minha rua, escoro as mãos nas coxas e vomito. A sensação ruim agora se transformava em torpor e intuo que não conseguiria chegar ao Concordia. Ligo para Sabina, dá caixa postal. Olho o espigão tricolor, não muito distante, o que me devolve a noção de espaço.

Falta pouco, Tato. Então uma luz de farol bate no meu rosto, eu me protejo com as mãos, e um carro estaciona na esquina seguinte. O motorista desce o vidro. Era um jovem barbudo e sem camisa. *Você não é o Tato?* Não respondo. *Você não é o boy do Fabiano?* Daí respondo que sim. O enjoo volta. O motorista sai do carro. Pergunta se estou bem, mas a resposta é óbvia. Acordo algumas horas depois com o celular vibrando. Era Sabina, perguntando onde eu havia me metido. Eu não sei onde estou, mas ocupo uma cama estreita, um quarto cheio de caixas de mudança, meus pés latejam e, ao meu lado, ronca um barbudo com asas de anjo tatuadas no peito.

Vicente era o garoto das risadas fartas. Não que o riso fosse fácil, mas costumava chegar aos baldes. O esmero em narrar os próprios impulsos, *sorte a minha te encontrar*, as pupilas arduamente dirigidas, *vou te agarrar*, como um filhote de naja. Uma variação branda de psoríase nas costas, uma grande mancha que lembrava os mapas que eu rabiscava na escola. O rosto acidentado por uma catapora tardia. Usava camisas largas e desabotoadas até a altura das asas, que despontavam de um vale de redomas lisas. No primeiro dia que passamos juntos, o dia seguinte ao surto número dois, o tempo amanhece virado e Vicente desperta friorento, me puxando da cama. Eu já estava acordado havia horas, esperando algo acontecer. *Vou te levar pra tomar chocolate quente na padaria.* Daí fui aos poucos reconhecendo a arquitetura do edifício. Eu estava no espigão tricolor, mas o apartamento do Vicente era de fundos. Era só atravessar a rua e eu estaria em casa, e foi o que fizemos, porque precisei de roupas limpas, e Vicente usava 40. Ele acabou preparando o chocolate ali mesmo, na minha cozinha subutilizada, desses bruxos que extraem rega-bofes de uma geladeira vazia. Uma omelete profissional e, então, minha lombar é esmagada contra o mármore da bancada, o anjo franzino vira um ogro, e trepamos na pia. O ogro age como se foder em meio à louça fosse a única coisa a ser feita, nada pergunta, goza entre minhas coxas e eu, passivamente, recebo o membro orgulhosamente apresentado como *de tamanho standard*, porém *mais grosso que a média mundial*. É a primeira vez desde Fabiano. Não me excito. O capixaba quarentão sequestra o instante potencialmente libertador da fantasia erótica, aquelas asas tatuadas, a pia cheia, o pau standard, e interdita o átimo da criação imaginativa, quando novos vínculos podem nascer, e deixo o momento cair assim, no caminho, sem narrativa que caiba. *Imaginação mete medo*, ô se mete. E se, dali em diante, o afeto e o prazer se irmanassem de novo? E se o bom, agora, fosse desse jeito, e não de outro?

    Sabina ligou mais uma vez, enquanto eu removia a pocinha de esperma do chão. *Você fez aquela cena na praça e foi catar um desconhecido na rua?* Eu fui catado, na verdade. Mas Sabina não está para piadas. Está alterada. Peço um tempo ao visitante, vou para meu quarto e proponho a Sabina uma conversa à noite, mas a proposta é recusada, *porque a Roberta me mandou uma mensagem*, e Roberta, *assim como eu*, mal teria pregado o olho, imaginando que amanheceria no IML para reconhecer meu corpo. Eu mal conheço a Roberta, eu disse. Mas a situação, do outro lado, parecia grave. *Eu avisando seus pais, pensa nisso*, e a voz da Sabina sai tão aguda que, da menção aos meus pais em diante, já não dá para saber se conversamos pelo celular ou pelo pátio de ventilação. Os disparos se avolumavam desde o segundo andar e entrávamos, assim, numa reunião de condomínio com os habitantes do Concordia. *Não dormi de aflição*, repetiu, *foi muito duro* testemunhar meu estado desolador na véspera, *e na frente das meninas*, e me desculpei, *minhas amigas e meu boy*, daí eu pedi perdão pelo vexame, em tom filial, agradeci a preocupação com metade de um obrigado, e Sabina arremessou maternalmente um discurso bizarro sobre *vocês gays*, o quê? Nós, gays. Nós, e nossas *paixões fora de lugar*, embora eu não entendesse muito bem o que ela queria dizer com paixões fora de lugar. Talvez se incluísse nessa geografia caótica de paixões, era isso? Não, *me deixa falar, agora você vai ouvir*. Nossas paixões. Não as dela, mas as minhas, e as de Fabiano, Jeremy, Barão ou Lucas, *vocês gays*, pederastas, frozôs, giletes, *vocês* invertidos, mariquinhas, boiolas, morde-fronhas, vocês *e suas armadilhas sexuais*, era assim? Peço a Sabina que encerre o discurso, minha voz sobe. Mas parece que Roberta havia dedicado a manhã a uma extensa pesquisa nas redes sociais sobre *esse moço que te sacaneou*, embora eu nunca tenha sequer insinuado que fui sacaneado por *esse moço*, e Sabina precisa entregar o dossiê-Fabiano, *o cuzão, é bom você ficar ciente, Fabiano é um cuzão*, e Sabina grita como se não conhecesse Fabiano, como se não fossem amigos, parafraseando Roberta, e o tom agudo é isso, a apropriação explícita de uma estupidez típica da tal Roberta, a mãe de dois filhos, a divorciada com dedo podre para relações, alternando discursos contra o casamento com assédios ao barman, debelando as contradições das amigas como se tirasse o video game dos filhos, e é a vez do novo amiguinho, e que Roberta disse isso e aquilo, *quer saber?* Eu não queria. Mas não fazia diferença, *vai saber*. Roberta descobriu pelas redes, aquele compêndio de almas, aquela sopa de dores e aflições, que ela e o alemãozinho tinham contatos em comum, *e agora escuta*, havia um amigão, do peito, um endocrinologista conceituado e de confiança, *mas gay*, e Roberta mandou um textão para o endócrino ilibado, e o endócrino ilibado, *mas gay*, revelou solicitamente que Fabiano e o alemãozinho já se conheciam *de priscas eras*, e que tiveram um *caso tórrido* enquanto *você se derretia por aquele babaca*, que Fabiano é um babaca, *Tato, você está me ouvindo?* Sim, um babaca, *agora escuta*, e eu escutando, já trincando a mandíbula, *eu me arrependo do dia em que apresentei vocês dois*, não se arrependa, *eu me acuso diariamente*, não faça isso, *eu me acabo de culpa*, porque Fabiano estava, agora, *realmente, escuta bem*, num *desses relacionamentos*, um desses, e que *é papo sério*, o alemãozinho *é da putaria pesada e largou totalmente as surubas*, e suruba não me pareceu o termo preciso, algo indicava que suruba, ali, era palavra à deriva, um termo qualquer que a tal Roberta havia pescado na sua cabeça alucinada, *os dois estão trepando há meses, muito antes de vocês terminarem*, e Sabina só encerra a chamada quando o som de um rock pesado entra pelo banheiro, com certeza um cala-boca, é domingo, afinal, e Sabina resolve que *preciso ir, agora escuta*, como se estivesse a caminho de um compromisso e lembrasse de telefonar para salvar a alma de um conterrâneo, *escuta bem, os dois estão apaixonados, entendeu? Acabou. Esquece esse cara.* E minha resposta é um lesado tá bom.

Paro na porta da cozinha. Vicente finge que nada acontece, esfregando dedicadamente os poucos pelos ao redor do umbigo. Da cozinha, vou até o balcão da sala. Samu sai pelo portão e olha espantado para o alto, e daí volto ao meu quarto, sem respiração. Uma mensagem chega, *oi, aqui é a Roberta, amiga da Sabina, eu estou aqui, pro seu bem*. Não respondo. Não sei como meu telefone foi parar na agenda da fuxiqueira, bloqueio o número. Entendo que Sabina e Roberta estão, *escuta bem*, se comunicando, e, *escuta isso*, debatendo minha condição, e espalhando a boa-nova da recente paixão do certo alguém e, de quebra, meu condenável estado de merda. *Esquece esse cara*, como se o troço fosse um vírus, uma gripe que faz as malas depois de oito dias e parte para outro hospedeiro, então traço um abracadabra e meio, nem sei quantos miligramas engoli, porque as várias dosagens de bromazepam já se misturavam na minha gaveta. A manhã estava cinza e o sol forçava as nuvens por trás, numa cólera celestial, *agora escuta*, e imagino meu corpo afundando na água empoçada do terreno baldio dos fundos, onde pombos se debatiam. Uma matilha de cães avança sobre os pombos, que revoam encharcados. Deviam estar morninhas, as poças. Calculo que, se mirasse com o nariz, seria instantâneo. Quis tomar outro comprimido, e já estou com a gaveta aberta quando o anjo tira o bromazepam do meu alcance, aplacando meu impulso com um abraço energicamente macio, e já com cheiros particulares, os feromônios ácidos, a superfície imberbe afagando minhas costas. Vicente gostava, aparentemente, de estar ali, em meio àquela desgraça particular. Sou conduzido até a cama e permito que o convidado trepe mais uma vez. Goza em silêncio e de asas abertas, meu rosto febril contra o travesseiro, Fabiano com dentes à mostra, Sabina e Roberta com dentes à mostra, extremamente vizinhas, minha barba suarenta imobilizada pelas garras do Vicente. Pergunto, outra vez, quantos anos ele tem, *vinte e cinco*. Devia estar acostumado, pelo tom da resposta, a aparentar alguns anos a mais. A catapora, talvez, ou a atitude descomplicada de afastar minhas coxas e fazer o que quer. *Eu gostaria mesmo é que você gozasse*. Adoraria, mas essa ressaca. *Da próxima vez você me come*. Combinado, da próxima vez eu te como, o dia é de escutar e receber, e *escuta*, e *abre mais. Empina, vai*. Ele fecha a porta do quarto, abafa o rock do vizinho e seleciona uma lista de músicas no serviço de streaming do celular. Desiste, após uma curta batalha, de conectar o aparelho à minha caixinha de som, então aciona a canção mesmo assim. *Você foi o mais perto que cheguei de morrer*, diz a letra. Reconheço a canção. Música bonita, declaro. É a deixa para Vicente discorrer sobre o álbum e a gênese das composições, uma ópera privada sobre um Orfeu que perde sua Eurídice não no inferno de Hades, mas nas ruas do centro de São Paulo, Consolação abaixo. *Olhe pros pés*. A canção e o álbum não correspondiam, mas não digo nada. Bonita, repito.

Vai. *Vai.* E aquela canção sendo executada me parece, subitamente, parte de um plano. Por um instante, acompanho as carícias do Vicente como uma cena prevista em roteiro. A canção tinha um quê de infalível, e a imagem, agora, talvez seja a de um hamster lascivo, eu, meu rabinho lubrificado, fodendo e correndo na roda de uma gaiola. A canção é deslumbrante, garanti, e o resultado é um viscoso sorriso de naja. Algum aditivo na tequila. Explicaria meu estado, a voz aguda da Sabina, eu ali, sentindo Vicente, dando o rabo para um Ícaro barbudo, corpo imberbe de menino e mãos de carrasco, o primeiro estranho a entrar na casa nova. MD na água? *Bebe.* Key no nariz, *só uma vez.* Coço o nariz como se fosse capaz de reverter a noite anterior. Alegando que o som distorcido do aparelho é torturante, e era, peço para desligar. Insisto que a posição de conchinha me sufoca, por isso ficamos de barriga para cima, um ao lado do outro, com a mão dele na minha coxa. *Esquece esse cara.*

Não tenho como pesar a intensidade. Não consigo aquilatar o sofrimento que me tiranizou por meses. Tenho, contudo, a certeza medular de que aquele seria um forte candidato a dia mais sombrio da minha meia existência, e talvez ganhasse de lavada de todos os outros dias de estorvo, doença ou luto, uma certeza vascular de que o dia teria acabado mal, não fosse o amparo do Vicente. Antes de adormecer, nutro a raiva que sinto da Roberta, execro São Paulo e os fogos de Copacabana, trinco o rosto. *Vocês, viados.* Roberta. Filha de uma. *Vocês.* Vicente percebe, ajeita o braço direito atrás da própria cabeça e conduz minha mão até o pau a meia bomba. Abre minha gaveta. E introduz um comprimido na minha boca. Acordo depois das três, com o forró que um restaurante velha guarda promovia aos domingos. Flagro Vicente na cozinha preparando um peixinho leve, só no limão, inspirado pelo cheiro que subia do 31. *Bom?* Ótimo. *Vamos comer a sobremesa na rua.* Não foi uma pergunta. O sol tinha vencido as nuvens. O querubim encontra filtro solar no pandemônio do banheiro, aplica no meu rosto e babau, eu estou sendo cuidado, hipnotizado, e fui. Descemos para a rua, evito levantar a cabeça e correr o risco de ver Sabina no balcão. No portão de ferro, cruzamos com Samu retornando das andanças com uma caixa de papelão desmontada. O vizinho estuda meu acompanhante com a ponta do olho. Está sério, o Samu, mas tudo bem, tudo de estranho naquele dia foi debitado diretamente da conta da tal Roberta. Na esquina, encontramos Milena voltando do supermercado. A mulher do escritor larga as compras no chão e afaga os ombros do Vicente com as mãos em concha, o que me faz pensar numa mãe de santo bem idosa. O mundo ouviu. Porra, Sabina, *escuta bem*, não bastasse todo o resto. O Concordia inteiro sabe, agora, que Tato é a bicha do rolê, a putinha que sofre por homem, chifrudo da porra, e logo Sabina, minha Sabina do parquinho, da Praça dos Desejos, das bicicletas pelas ladeiras da Ilha do Boi, logo minha irmã, *cala a boca*, engole e *escuta*. Vicente me conduz até a doceria, mantendo a mão nas minhas costas. Cuspo na calçada, e a calçada é um mar de gente.

 Vicente tinha se mudado havia um par de semanas e mal conhecia o bairro. Aponto o mercadinho que vendia um pão de queijo congelado muito bom. Ele agradece, *seu fofo*. Eu não via nada de fofo em mim, mas o que dizer a um jovem de vinte e cinco anos que te puxa de um parapeito? Depois de um quindim e dois brigadeiros, meia hora de passeio. Chegando perto do muro dos trilhos, cruzamos com Damiana, o Max logo atrás. Tem esses dias em que a vida parece um musical melancólico da Broadway e todo o elenco é convocado a fazer um solo no proscênio, cantando em melismas miasmáticos as fossas mais arrombadas da Elis. Com um pente, Damiana Deep desembaraçava os cabelos. Parecia ter tomado um banho vigoroso, deixando um odor de eucalipto pelo caminho, e carregava amarrada ao corpo uma coleção de badulaques mais ambiciosa que a habitual. Saudou Vicente com reverência. *Bom dia ao príncipe*. Cheguei a pensar que o príncipe fosse apenas eu. Então, como se eu fosse assaltado por um cochicho do diabo, localizo o ornamento que irrompia por detrás das ancas secas da Damiana. Uma boneca. Um corpinho, se não igual, semelhante àquele com que Samu e eu havíamos deparado. O vestido, menos gracioso, é estampado com bolinhas em tons de rosa. A boneca da Damiana também não tinha cabeça. Ela segue em frente. Chamo seu nome. Nada. Toco o braço da Damiana, ei, a mendiga crispa o corpo como se meus dedos expelissem chamas, *filho da outra*. Peço calma, faço referência à boneca, pergunto onde a encontrou, mas, com razão, Damiana entende mal minhas intenções, *te corto, parto pro coió*, espalmando e protegendo o corpinho plástico da boneca, *sou amiga dos homens*, e dobra a esquina gritando *caralho de bosta*, *corno manco*, e outras ofensas.

Tive que explicar a saga das bonecas a Vicente. Ele não se chocou. *Vai ver que é magia negra.* Como se rituais de magia negra com brinquedos não fossem suficientemente chocantes. *Ou um ritual de luto.* Vicente não soube explicar a hipótese do luto. *Passei parte da infância em Brasília, gatão, já vi cada absurdo.* Brasília era mesmo um lugar estranho, concordei. Ele riu. *Como assim?* Ele perguntou como assim, e repetiu, *como assim?* E aí já era demais, eu quis voltar para casa. Pegamos o caminho mais longo, a tarde fresca me fez bem. No vaivém da marcha, a mão do Vicente encostou na minha, e outra vez, e mais uma, até que, num último choque, nossos dedos se entrelaçaram. Fabiano. Contraindo os músculos, impeço que minha mão se entregue. Fabiano. Enfio as mãos em punho nos bolsos, alegando frio. Logo que Fabiano voltou das suas férias em Portugal, depois do grande encontro no réveillon, tomei um avião de Vitória para Sampa e retomamos nossa história. Quatro dias impossíveis. No segundo dia, enquanto deslizávamos branda e freneticamente até a Liberdade para experimentar *o sukiyaki dos sonhos*, tomei a mão do Fabiano. Ou ele tomou a minha. Tudo parecia cronometrado entre nós, mas desconfio que tenha sido eu a assumir o ímpeto, num espasmo de libertação cosmopolita. E talvez só tenhamos percebido o que estava acontecendo quando chegamos ao restaurante e, na fila de espera, nos desatamos. *Você já tinha caminhado de mãos dadas?* Não com um homem. *Nem eu.* A gente gritava, entende? Uma galeria de palavras caberia. Ineditismo, cegueira. Inconsequência. Dali em diante não nos furtamos a demonstrar afeto no lugar que fosse, abraço em elevador, festinha na nuca, e o cuidado deliciosamente masculino de pinçar a migalha de pão entre os fios da barba. Orgulho. Coragem. Necessidade violenta de dar as mãos, e pronto. A casualidade da primeira vez virou, com os meses, ato consciente, e que os mal-amados refreassem os olhares, e que se acostumassem a ouvir Fabiano recitar *meu nome é amor, meu sobrenome é vingança*, e outras citações que pareciam poesia inventada, tal a forma como se colavam às situações. Que reprimissem o soco. *É nossa vez.* Até hoje, dar a mão é virtude calculada. Radioativo, até. Outras tentativas vieram, por parte do Vicente, naquela e em outras tardes, porque os encontros se repetiram. Minhas mãos não se entregariam, mas o sexo, aos poucos, abriria suas vias. A indústria farmacêutica. Comi Vicente em todas as posições desejadas por ele e seu membro standard, atendendo ao apetite voraz de um homem com menos de trinta. Começou a ser bom. Eu quis que fosse bom. Mas todo gesto do Vicente era ginástica afetiva, meus gemidos toscamente apropriados, um by the book, o vai da valsa, *você não vai gozar?* Gozei, não viu? Nossos beijos entre a doçura e a violência. *Ninguém beija sozinho.*

Vicente me apresentaria outra São Paulo. Mais uma. Morávamos um em frente ao outro, mas havia um precipício de vinte anos entre nós. Divertido citar nomes como Leonel Brizola ou Pepeu Gomes e receber um *ouvi falar, acho que sei quem é* como resposta. Trilhamos a mesmíssima cidade que eu havia descoberto com Fabiano, mas foi emocionante entender que São Paulo é um suporte para várias geografias sobrepostas. As mesmas ruas em planos diferentes, a São Paulo de um garoto, *garoto é teu cu*, e a de um migrante do estado-tampão. Subir no Banespa. Procurar o cisne negro do Ibirapuera. Para um, o ineditismo do tempo. Para o outro o do espaço. E chegou o dia em que, claro, Vicente apontou o celular para o alto, *sorria*, e obedeci, o Mirante da Nove de Julho atrás, e poucos segundos depois nossa foto tomou o universo paralelo. Fazia semanas que eu não dava as caras nas redes. De alguma forma, ainda que para alguns, eu voltava a existir.

Depois de uma segunda-feira de dilúvio, com direito a memes de automóveis boiando nas marginais e filmetes com ratazanas nadando contra a correnteza, os pés do Vicente amanheceram escalando minhas pernas. O despertador não disparou. Confirmo a hora, visto o impermeável e descambo para a área de serviço. O consumo de molho de tomate e pipoca de micro-ondas havia dobrado, graças à presença quase diária do moço de asas, e por isso eu não teria um, mas dois sacos de recicláveis para levar à calçada. Tive a impressão de escutar a frenagem do caminhão e corri pelas escadas. Lá estava, ainda colada ao muro, a compilação de lixo seco do Concordia. Bem, nem tão seco assim, os catadores de latas já teriam iniciado a ronda e tudo que não fosse alumínio pairava sobre a película de água. O coletor de capa amarela recolheu os sacos das minhas mãos enquanto o colega mais forte abraçava os pacotes violados. Um pote de maionese rolou até meus pés, pincei e estendi para o mais forte, que se aproximou com os braços carregados de itens avulsos. Daí, na miscelânea de embalagens, vejo um formato arredondado. Parecia a cabeça de uma boneca. Era, sem dúvida, a cabecinha sintética de um bebê, embora eu só distinguisse a moleira. Saída do lixo, sim, e descartada por um dos meus vizinhos. Quis perguntar algo ao rapaz, mas não soube o quê, eu titubeei e ele emperrou, percebendo meu incômodo, ou esperando que eu me separasse do pote de maionese, então o motorista buzinou e os dois jogaram tudo na caçamba para correr até o prédio seguinte. Restos de lixo que foram deixados para trás iam sendo levados pelo córrego formado junto ao meio-fio, e uma bolinha, que podia muito bem ser outra cabeça de boneca, escorregava na direção do bueiro. Dou uma corridinha, quase perco um pé do chinelo, mas a força da enxurrada era imensa. A cabeça se perde, lá na frente. O caminhão parte e eu, sob a mira diligente dos catadores, permaneço na chuva. O pote de maionese ainda está comigo. Jogo na lixeira fixada ao poste e sou surpreendido pela sensação de estar sendo vigiado. Verifico os balcões do prédio. Todos fechados.

 De volta à portaria, vejo a pilha de boletos de condomínio que o zelador em breve empurraria por debaixo das portas de cada unidade, e me dá um estalo. Recolho a pilha de boletos e escondo no bolso interno do capote. Quando chego ao quinto andar, Milena abre a porta, *não aceita um café pra aquecer?*, e cogito estar diante da carrasca de bonecas. Declino e entro em casa, os ovos mexidos já cheiravam, lembro do pátio de ventilação e fecho a porta da cozinha para narrar a Vicente o episódio. Um vizinho, ali, decepava cabeças de bonecas e espalhava pelas praças. *Não é paranoia sua, mozão?* Eu já havia pedido a Vicente que não me chamasse de mozão ou outro termo afim. *Você ficou mesmo impressionado, xuxu.* Claro, não dava para ter certeza, mas sim, haveria um maníaco entre nós, eram cabeças de boneca, estavam lá, e eu vi. Quis informar a descoberta ao Samu e, de enviar a mensagem, atinei que meu vizinho estimado constaria, logicamente, da lista de suspeitos. Daí imagino Samu me seduzindo pelas ruelas do bairro até me deixar cara a cara com a própria delinquência, num ato de narcisismo doentio, e vem um arrepio pela nuca.

Samu ignorou a mensagem e, depois que Vicente partiu para o trabalho, anotei o nome completo de cada um dos condôminos. Penso em preterir os que dividissem apartamento, mas não pareceu impossível que bonecas fossem degoladas secretamente no quarto, na cama ou no travesseiro ao lado. E seria pertinente, também, trabalhar com a hipótese de um crime coletivo, Johnny e a esposa depois de ninar a filha, as moças do sexto andar cortando gargantas em série. Abandono os boletos num degrau da escada e passo a manhã investigando meus vizinhos em todas as mídias em que apareçam. A partir dos nomes impressos nos boletos chego aos demais moradores, deslizando com facilidade pela teia virtual. Não sei o que procuro, tampouco encontro. Todos deixavam rastros, mas eram trilhas ordinárias, como dicas de filmes em cartaz ou protestos contra o governo. Noto certo comedimento em assuntos pessoais. Uma turma de moderninhos com alma de artista, porém duramente reservados, na contramão do mundo. O grande candidato, ali, seria mesmo eu. Outro calafrio. Eu suspeitaria facilmente de mim. Analiso minhas páginas. O sorriso em reprise, disfarçando o vão dos dentes, sempre o mesmo ângulo, sutilmente de baixo para cima, acrescentando imponência a uma estatura combalida pela medicação. Se não fôssemos a mesma pessoa, e eu não soubesse da minha odisseia de tristeza, talvez me achasse jeitoso e curtisse três ou quatro fotos, no código corrente dos xavecos de wi-fi. Pois é, eu até me paqueraria no novo bar das sextas, onde cada interação talvez esconda uma piscadela, confundindo o teor das relações, e penso em alguém, e em nossa primeira briga por causa de uma foto enviada por educação, por pura educação, a um antigo affair, e penso em quantos aplausos o novo casal vinha agora recebendo, o amealhar de fãs e fodas, e imagino o tanto de homens que os dois andavam atraindo para a alcova com o babaréu de seminus. E me dou conta, com uma nesga de orgulho, de que não pensava em Fabianinho desde a madrugada. Daí, surpreso, penso nele com força, e bisbilhoto as páginas do alemãozinho. Com o sol inconstante, as fotos dos últimos dias eram sem peitorais. Fabiano e o putinho, *escuta bem*, ombro a ombro, *estão apaixonados*, duas bichinhas num café da Vila Madalena. Logo abaixo, uma citação sobre os últimos movimentos homofóbicos do Planalto e uma sequência de hashtags. A última hashtag é *love is going to save us*. Cafona, esse papo de hashtag. Cafona, hashtag em inglês. Love and coffee. Carentes de bosta.

Fujo do computador e enfio minha nuca no chuveiro frio. Love Me Tender. O músico do primeiro andar vinha executando cantigas de Villa-Lobos, mas, enquanto eu me enxugava, tocou um Elvis sonolento. A filha do Johnny discutia com a mãe sobre a atemporalidade das franjas. Um rádio é ligado. Uma sequência de marteladas. Uma tosse de bulimia, dessas de deixar a garganta do avesso. Latidos da Augusta. Não é nem meio-dia e a sinfonia sanitária a mil. O volume do rádio aumenta com a entrada do locutor, os basculantes tiritavam, e eu sentado na privada. Talvez batesse uma. Tento me masturbar. Não para Fabiano, que meu ex já havia sido alçado à categoria de divindade, inverossímil demais. Tento pensar em Vicente, daí veio o Johnny do 31 e meu pau tomou força. Johnny era um homem flácido, as calças sempre com aparência de fralda cheia, só que a fome é esse lance inexplicável, o Johnny pelado na rua, e invisto na velocidade até que o rádio é desligado e gozo como não gozava há semanas. Um silêncio inesperado de passarinhos e gotas de chuva se instala no Concordia, como se meu gozo encerrasse grandiosamente a sinfonia, tudo congela, daí só os passarinhos aproveitando a pausa do aguaceiro, e penso nas malditas andorinhas. O pau foi minguando até desaparecer entre meus dedos. No meio dos trinados brotou um gemido débil, um soluço engraçadinho que, aos poucos, foi transbordando e virou choro. Gente que chora no banheiro. Gente que goza no banheiro, que cochila, lê, medita, fuma, gente que fica triste e vai se abrigar na latrina. Comecei a chorar junto. Chorar junto não é cena comum, eu não ia deixar passar. O lamento era tão distante quanto os trinados, de modo que não devia ser Milena, ou o escritor. Ponho a orelha para fora do basculante. Uma fungada. Um toc-toc. *Já vou.* Sabina. *Eu já tô pronta.* Sim, Sabina. Vou até o balcão da sala e vigio. O rumor do elevador, que estremecia os batentes, chegou aos meus pés e fui intuitivamente espiar pelo olho mágico, a tempo de ver o escritor desembarcar e, cofiando a barba, puxar a chave do bolso. Na sentinela de sempre, Milena abriu a porta, a camisa larga e masculina, um short desleixado de pano barato. O escritor passa rente, de cabeça baixa, a esposa procura o rosto do marido, e ele some dentro do 52. Então Milena olha na minha direção. Dou um salto para trás e colo as costas contra a parede. Ouço a porta bater. Volto ao balcão da sala. Atravessando com pressa a faixa de pedestres, Sabina sai em direção ao metrô.

 Não falava com Sabina desde o domingo das revelações da Roberta, a não ser o você tá bem?, *eu tô*, também tô, os cuidados burocráticos e encaramujados. Fui ver como andavam as publicações da minha irmãzinha. Uma reunião na casa da Roberta, a safada, a mulherada se acabando no gim-tônica. Sabina aninhada na janela de casa, as pernas abraçadas, olhando a garoa. Um ensaio de moda masculina em ruas desertas, a ficção comercial em meio à suave intimidade do 21. Sabina cozinhando, de costas. Quem tirou aquela foto? O escritor? Ou o romance com o ator teria vingado? Rolando a página, trombo com uma publicação da antevéspera. Deve ter sido para isso que entrei ali, a imagem me aguardava como uma cobrinha de tocaia com as presas para fora, Sabina e Fabiano numa selfie em uma escadaria, minha barriga explodiu, o estômago engulha com o resíduo de esperma encrustado entre meus dedos. Incompreensível, aquela foto, Sabina e o *babaca, porque o Fabiano é um babaca, entendeu?* Roberta curtiu, as amigas de gim curtiram. Minha mãe curtiu. Pulei o almoço, não fui capaz de relaxar. Em breve terminaria minha licença médica, mas não respondo às mensagens do escritório. Lucas curte a foto, Barão curte a foto, os vitorienses curtem, a foto segue em ascensão. E Vicente curte. Vicente aprova a foto da Sabina com meu ex, e as mensagens entrando no meu celular, meu pai, um alerta de e-mail da Lucinha do RH, e agora o próprio Vicente, um exército de fantasmas sitiando o Concordia enquanto os trinados enlouquecidos dos bem-te-vis anunciam o retorno da chuva. Não respondo às mensagens incessantes do Vicente, com corações e emojis, *cadê meu gatão*, link com música da Rihanna, *cadê meu xuxu?* Daí bromazepam, daí chá preto para aplacar o estômago, daí as mãos tremendo com o sedativo e a cafeína em batalha. *Mô.* Mô o quê? *Aconteceu alguma coisa?* Por que você curtiu aquela merda? *O quê?* Desde quando Vicente seguia Sabina nas redes? E aí fui descobrir que Vicente seguia o Barão, e o Lucas, o Dênis, e seguia até Roberta e parte dos meus colegas do escritório. Porra é essa, Vicente? *Calma, não faz a louca.* Para que seguir meus amigos, e por que você dá trela pro Fabiano? *Conversamos à noite?* E, então, parto para Sabina. *Boa tarde, lindo, o que aconteceu?* Você esteve com o Fabiano? Que farsa era aquela?

Sabina tocou a campainha por volta das cinco. Pela reação franzida, eu devia estar um demônio. Imaginar que ela tinha encontrado com meu ex, trocado beijinho. Samu está comigo e a casa fede, as janelas estão fechadas pelo temporal, eu ainda com o esperma seco nos dedos, e juro, Samu nunca cheirou tanto a limonada. Por que você cheira a limão? Eu havia acabado de perguntar, antes que Sabina chegasse. Queria perguntar havia tempos, e resolvi perguntar ali, com Sabina prestes a entrar. Samu pulou do sofá, nervoso, *troca de guarda, man*. Um alcoólico de dar pena, o miserável. *Toma consciência*, Samu mandou essa, *toma tenência, porra, tu tá ficando ridículo*, e saiu sem se despedir, fazendo aqueles gestos previsíveis de rapper, depois de passar parte da tarde a meu lado e ter me convencido de que não era um assassino de bonecas. Sabina fechou a porta e me pôs sentado na minha cadeira bamba. O Samu não fede a limão? *Deixa o Samu pra lá*, ela queria entrar direto no assunto, *escuta*. Aquela foto havia saído de um encontro casual, e então Fabiano publicou, e *precisei publicar também, por gentileza*, etiqueta de rede social. Certo. *O Fabiano também é meu amigo, Tato*. Sabina estalou os dedos no ar. *Ei, fala comigo*. Você não disse que ele era um babaca? Ela ignorou minha pergunta. Você tá trepando com o escritor? Mais uma vez ignorado. Senti uma pontada por Milena, uma espécie de camaradagem entre cornos. O cara é casado, eu disse. *E daí? Eles vão se separar*, e você tá caindo na lábia de um escritor? *É sexo, Tato*, essa gente é perigosa, *essa gente?* Essa gente que escreve, tudo atormentado. Uma pausa. *Você também tá saindo com um moleque muito estranho, ou não notou?* Daí eu disse que não, que Vicente não era atormentado, e que estava cuidando muito bem de mim, e inventei que estávamos namorando. Talvez estivéssemos mesmo. *Ah, que adoráveis*, o deboche da Sabina era de uma vulgaridade, eu odiava Sabina nessas horas. Ela tirou o tablet da bolsa, *agora vem aqui*, e percebi, pelo tom, que uma nova onda de delações viria ao meu encontro. Peço para Sabina ir embora. *Você precisa saber*, ela insiste, e daí eu soube, tudo ali, nas catacumbas ensolaradas da internet: Vicente acompanhava Fabiano por todas as brechas imagináveis, qualquer comentário que Fabiano publicasse, em qualquer rede, qualquer imagem compartilhada pelo meu ex, Vicente reagia a tudo com o polegar em joinha. Em uma das publicações, Vicente comenta sobre um livro que andava lendo, *se quiser eu te empresto*. Vicente oferecendo livros ao meu ex. *Olha essa. E essa.* Eu não podia ver as páginas do cujo, eram ordens médicas, mas *olha isso*. O cujo, agora, exibia os bíceps turbinados com proteína até mesmo no vestiário da academia, e Vicente em louvor, estabelecendo contato, abusando dos códigos, dando condição e arregaçando as pernas. Puto.

Eu sempre soube que Vicente conhecia Fabiano virtualmente. Vicente não escondeu que seguia nossos perfis. Que um dia, pelos caminhos tortos da rede, se deparou com meus álbuns e me achou apetitoso, e, por isso, teria começado a seguir também os perfis do meu cujo. *Meu casal preferido da internet*, Fabiano e eu, um casal infimamente espalhafatoso, mas com uma compilação de fotos bem-acabadas o bastante para merecer o título de casal preferido. Bajular casais desconhecidos, seguir a paixão alheia. Achava infantil. Mas relevei. Todo mundo é doido, afinal. Vicente, então, depois de me conhecer na noite do surto número dois, e de me reconhecer como ex do cujo, soube que Fabiano e eu estávamos definitivamente separados, e proibidos de nos aproximar, e que depois daquela madrugada teríamos nos bloqueado em todos os canais, e que as atividades nas páginas de um seriam invisíveis para o outro. E soube que, mesmo com as contas do Fabiano abertas, esparramadas na estratosfera para qualquer um acompanhar, eu não stalkeava meu ex com perfis falsos, porque eu era razoavelmente obediente no que dizia respeito a meu tratamento médico. E se aproveitou disso, pelo visto, para manter contato com o outro lado. Putinho.

O que aquele pirralho queria? Trepar comigo e com Fabiano ao mesmo tempo? *Eu é que pergunto*, retrucou Sabina. E o arremate, é claro: Fabiano também seguia Vicente. Não tinha como ser de outra forma. Vem comigo que eu vou com você, essa troca cortês de audiências, todo mundo seguia todo mundo naquela roda de horrores, etiqueta é o caralho, e é claro que Vicente sabia muito bem que o cujo também acompanhava seus passos, o sabe-sabe é geral, um segue-segue demoníaco, um balcão de estiramento a céu aberto, um inferno, quem? *Calma, lindo...* Quem, Sabina, me explica? Sabina assumiu um ar de preocupação. *Quem o quê?* Quem permitiu que, agora, uma dúzia de nerds abençoados, tomando lactobacilos vivos com canudinhos de papelão, encapuzados e aboletados em salas com luz natural no Vale do Silício, que uma turma de cretinos com metade da nossa idade passasse a arquitetar a forma como o mundo inteiro se relacionaria, a mendicância por amizades, os influenciadores de platitudes e seguidores ignotos, e que determinassem como os humanos de todos os cafundós do planeta passariam a jantar e a se locomover, comprar e vender, paquerar e foder, ou se observar platonicamente, ou percorrer o mapa de quem dava para quem, quem lambeu o cu de quem, e fofocar, fazer vodu, e até mesmo, em casos raros, adquirir conhecimentos úteis? Como Sabina e eu, e Vicente, minha mãe e o alemãozinho, e Fabiano, e toda aquela gente foi parar ali, em uma área comum vigiada vinte e quatro horas por dia, inescapável, indelével? Sabina não emitiu julgamento, baixou o tom e não cutucou mais a fera. Sabia das consequências. Preferiu fazer um chá de camomila e tomamos o chá. Mais tarde, pedimos comida tailandesa por um aplicativo. Em silêncio.

    O porteiro eletrônico tocou bem depois das nove. Era Vicente. Peço para Sabina esperar no quarto. Algo me fazia recusar a ideia de ficar a sós com o anjinho caído. Abri a porta antes de a campainha tocar. Ali mesmo, o anjo me diz que *vamos jogar limpo*. Eu era o homem mais descrente do mundo. Nos sentamos confortavelmente, *vou pegar uma água*, não, não ia ter água, e, depois do conta-não-conta, depois de alguma resistência, Vicente confessou que conhecia Fabiano, não virtual, mas pessoalmente. *É, nos conhecemos pessoalmente.* E que os dois se encontraram através de um aplicativo de sexo logo depois da nossa separação. E que, contrariando as fontes da Roberta, Fabiano e o alemãozinho não mantinham um caso de longa data, era mentira, ou um engano, *ele contou que estava livre*, havia uma relação de fuck bodies, talvez, mas os dois não se encontravam enquanto o cujinho e eu morávamos juntos e trocávamos juras. Vicente não vacila. Está apenas contando uma história, ardiloso, sem se envolver emocionalmente, *não foi nada demais*, e se desculpa, meio assim, que não elucidou a confusão da Roberta por medo, *eu queria que você e Fabiano se odiassem*, e aqueles papos sobre insegurança e loucura temporária que os seres humanos tecem quando querem encobrir cagadas. *Sou assim, meu signo é de terra.* Que exploda, a terra do seu zodíaco, eu não queria saber de planetas na minha vida. Que morressem, ele e as estrelas. *Você ainda gosta dele, eu sinto*, e não dava, em matéria de afeto, para competir com um morto, *e Fabiano é um morto vivo voando na nuvem.* Tive a impressão de ouvir meu próprio discurso. Um morto vivo na nuvem. Era assim. Mas tudo bem, eu digo, entendo, e de fato entendia, mas peço a Vicente que vá embora. *Acabou, xuxu? Você tá terminando comigo?* Eu peço para deixar o tempo passar, eu era perito, ultimamente, em deixar o tempo passar. À porta, Vicente toca minha mão e eu me sinto um pirralho, ainda mais novo que ele, e rechaço o gesto com crueldade, deixando evidente que o controle havia mudado de lado. *Eu não acreditei em nada do que Fabiano disse sobre você, xuxu.* As revelações não paravam.

Eu não acreditei numa palavra do que Fabiano disse sobre você, e o sangue foi embora das minhas tripas. Fabiano e Vicente tinham feito sexo, e, para arrematar, tinham falado sobre mim. Eu disse que não queria saber de nada, que não perguntei nada, mas as notícias, agora, eram enfiadas pela minha garganta, o que foi que esse bosta disse? A pressão na mandíbula, meus dentes iam quebrar. Fabiano disse. *Fabiano contou*. Enquanto eu me esforçava para não falar nada de ruim sobre ele, o certo alguém não se furtava a dizer, e falar, tomou cerveja com um moleque que conheceu em aplicativos de foda, e *disse umas paradas*, disse o quê? Caprichou no sofrimento, segundo Vicente, *estava mesmo sofrendo com o fim, sabe*, e o cujo teria dito que *o Tato era bacana, pensei que fosse o homem da minha vida, senti isso logo no primeiro beijo*, ele disse aquilo, meu Fabiano. *Eu investi na relação, mas, infelizmente, o Tato era um psicopata*. Psicopata. O que é um psicopata? As palavras tinham perdido qualquer valor. Tato era estranho. Tato fedia a cê-cê. Tato vivia parcialmente no armário. Ah, claro, e já ia me esquecendo, Tato era um psicopata. *Psicopata*. Psicopata.

Acompanhei, do balcão, o anjo atravessar a rua e entrar no espigão. Não retribuo o adeus, me camuflo na penumbra da sala. Uns putos. Eu caminhava pelo corredor, de um lado para outro, então Sabina sai do confinamento e agarra meu ombro. Pois é, moça, agora você sabe. O menino que você viu crescer. O estudante tranquilo e adorável, e agora seu vizinho, dois andares acima. Um rapazinho difícil, você sempre soube. Mais que difícil. Seu melhor amigo é um psicopata.

Passei a evitar Vicente. Todo gesto do anjo soaria como *Tato é um psicopata* e *trepei com Fabiano*. Graças a ele, contudo, descobri que meu dito-cujo e o alemãozinho não viviam uma história *de priscas eras*, contrariando a versão mal apurada da Roberta, e que nenhuma forma de compromisso havia sido selada imediatamente após o nosso término, o que por um lado me aliviou, mas, por outro, voltava a me envenenar: por quê, separados? Por quê, o fim? Ensaiei mensagens mesquinhas à tal Roberta, escrevia e apagava, em versões cada vez mais amarguradas. A cadeia de contatos confiáveis, a malta de amigos-do-amigo, esse paraíso de bolso que encurta distâncias e fortalece laços humanos, muito obrigado... Experimentei na carne o poder de uma notícia falsa. Eu poderia ter cravado a testa numa poça. Não quis mais saber da Roberta, e me resguardei do Vicente, por redução de danos, e em poucos dias ergui uma barricada virtual ao redor do 52. E, se não é fácil evitar um rapaz que mora a vinte metros e não quer ser evitado, o que dizer do restante da humanidade, à soleira de casa por uma onda de wi-fi? Um ano antes eu estava em Vitória, a capital do ensolarado e misterioso Espírito Santo, aquela mureta entre as jazidas de ouro e o Atlântico, deixado à margem do progresso para servir de barreira aos contrabandistas e piratas, aquela tripa tranquila e invisível, emparedada entre mineiros, fluminenses e baianos, nossos três gigantes históricos e culturais, lá, quietinha, e eu agora aqui, na linha de frente da economia nacional, perdido entre doze milhões de infelizes, afogado na maior das solidões. O que eu fazia em São Paulo? Numa distração, o cotidiano se transforma num grande esquivar-se, um jogo de minas terrestres que, pisa aqui, pisa ali, tornam a vida um labirinto. Se enviassem um *como você está?*, ou *pensei em você hoje*, ou um simples *fala aí*, eu instantaneamente relacionava a mensagem a hipotéticos acontecimentos on-line na vida de alguém, e já imaginava o casalzinho de férias no Peru, indo morar juntos num prédio hipster ou casando na praça Dom José Gaspar com bandeiras de arco-íris e declarações públicas de fidelidade. Ou, como alternativa, que um recado cifrado estivesse à minha espera numa rede social qualquer, quem sabe nossa música em versão acústica, ou uma foto do Teatro Municipal, onde assistimos a um espetáculo de dança em nossos dias derradeiros. Todo olhar carinhoso era de pena, todos os sussurros eram monotemáticos, e o mundo se tornou um imenso Fabiano. Ainda maior. Passei a evitar boa parcela dos meus amigos, inclusive os de Vitória e nossos simpósios cheios de boas intenções, eu mantinha o navegador silenciado o tanto que aguentasse, porque todos saberiam de algo dissolvido na esfera cibernética. E até entendi Fabiano, investindo em novos colegas, trocando a cor da personalidade. Eu não conseguia o mesmo, miseravelmente Tato. *Cada um com seus métodos*, disse a analista, vá saber o que há do outro lado, *você sabe?* O outro lado: eu sabia? Vá saber se o cujo ainda escuta Every Breath You Take com ouvidos embargados, *você sabe?* Eu não fazia ideia. E a dor também esteve aí. É preciso ser forte para suportar a gravidade da ignorância no século XXI. Ignorar foi tão excruciante quanto dar de cara com os mocinhos de braços dados num café.

Passei a sair sozinho. Bicicleta alugada, passeios a pé e muita orgia. Descortinei o parque de diversões que São Paulo pode representar para pederastas solteiros do Espírito Santo. As semanas em que trepei diariamente, várias vezes ao dia. A licença médica acabou e voltei ao trabalho, era o fim do CID-9, do CID-10, pelo menos no campo do direito trabalhista, daí os dias se acomodaram aos horários da agência, às campanhas digitais, mas eu saía do expediente e trepava, trepei até na hora do almoço, e dificilmente repetia um parceiro, esgotei as possibilidades que os aplicativos me ofereciam nos arredores de casa e da agência, e então precisei descobrir os shoppings para caçar, os banheiros que nunca tiram folga, desci na estação Armênia, Tatuapé, Praça da Árvore, capturava vagabundos em bancos de bares que eu mal saberia apontar no mapa, eu queria comer a cidade inteira, eu gozaria com todos os machos que a vida vigiada de Vitória me impossibilitou, e compensaria todas as fodas do Fabiano com o alemãozinho de boca mole e seus parceiros de ménage.

Era uma terça-feira e Sabina usou a cópia da chave que, por segurança, eu havia deixado com ela. Tato seminu, de calças arriadas, deitado no sofá. Eu cheirava a cerveja e poppers. Sabina me jogou no banho, eu não soube dizer quem esteve ali, se nos drogamos com bagulhos pesados, se tomei meus remédios, e em que doses, se havia usado camisinha. *O Johnny te flagrou revirando o lixo com um cara suspeito.* O Johnny? *Ele te viu da janela, agora há pouco, e me interfonou. O que vai ser da gente, lindo?* E a memória acorda. Um cara suspeito que conheci no Minhocão, ele e eu fritando a cachola com bala e revirando os sacos de recicláveis atrás de cabecinhas de plástico. Vou reagir, eu prometi. Voltar à dignidade cotidiana, eu jurava que ia. Aí Sabina anunciou que se afastaria do Fabiano, e bloqueou o dito em solidariedade, diante dos meus olhos. Eu não pedi nada. Mas ela faria isso por mim, sim, Fabiano estava sendo cruel com todas aquelas fotos, e eu não era um vilão, *não se assuste*, a acusação de psicopatia seria uma projeção, a sombra cabal de um cérebro defeituoso. Fabiano seria o verdadeiro psicopata, decretou Sabina, talvez tentando me animar, *já arranjou outro, mudou a casca, não se veste do mesmo jeito e mal vê os amigos antigos*, mas cada um enfrenta o dragão como pode, eu me fechei como uma ostra, caí na vida, traguei cada merda, engoli cada treco. *Mas você não tá machucando ninguém, Tato*. Comprei roupa nova. *Não defende esse cara.*

Foi aterrador, naquela manhã de intervenção, observar Sabina se embebedar com a tese da psicopatia reversa, polarizando sintomas do dito-cujo e catando pistas. Trouxe material didático. *Você leu, Tato? Você prometeu que ia ler*. Eu tinha lido. Duas vezes, na verdade. Um livro em inglês, de autoridades em psicopatia. Sabina é assim, aplicada, seria capaz de montar um automóvel com um tutorial. Passou o dedo na tela do tablet, *olha isso aqui*. Se os psiquiatras de consultório tinham um índex, por que não os do FBI? Sabina e eu havíamos sorvido a tese de cabo a rabo, éramos novíssimos especialistas em psycho people, *três a cada cem pessoas são sociopatas*, segundo as estimativas. *Era questão de tempo a gente cruzar com um*. Afinal, como um típico sociopata, Fabiano acumula *relacionamentos curtos*. Estava ali, no primeiro item: um psicopata troca de relacionamento *segundo seu prazer sádico*. Eu ri? Acho que ri. Sabina carregava um time de namorados na mochila, aos quais chamava de pau amigo, ou o termo que fosse, mas em Fabiano aquilo soava como degeneração, já que o objetivo do moço, como precisávamos crer, era arrasar com a vida de cada um com quem topasse. Item quatro: necessidade de estímulo constante. *Fabiano vivia entediado, como a gente não viu isso?* Meu deus, como não desconfiei de um homem entediado, assim, surfando na crista do tédio mundial? O dito, de fato, adorava inventar o que fazer, desenhar, pedalar, criar minhocas, para depois abandonar. Mas o que dizer do nosso vizinho escritor, com o troca-troca de obsessões a depender do tema do próximo livro, o que dizer do Barão dormindo em frente à tevê com as maratonas de séries, e empanturrando a cara com aplicativos de paquera, ou do Johnny, o vizinho peladão, cometendo crimes de atentado ao pudor para combater a mesmice, e *crimes leves de delinquência* são, segundo os especialistas, o primeiro degrau para assassinatos em série. *Ai, Tato...* E o que dizer dos candidatos à sociopatia que trocam a cor da roupa a cada estação, entediados e camuflados de Balenciaga? O que dizer daqueles que acompanham o romance da atriz com o jogador de futebol, *projetando suas sombras recônditas na vida alheia*? Mas, claro, o minhocário do Fabiano era suspeito demais. *Ele é promíscuo, frequenta saunas*, muito bem, poderíamos debater, então, o aumento exponencial do número de parceiros depois do GPS, dentro e fora da comunidade gay, ou a conversão das redes sociais num verdadeiro dark room para viados ou caretas, e Sabina conhecia muito bem os códigos e pontuações: uma ou duas curtidas numa foto, no meio da madrugada, diga aí, quantos pontos valem? Psicopata, você. É boceta piscando na certa. *Ai, Tato...* Desculpe a raiva misógina, *tudo bem, estou aqui pra te ajudar*, por favor, me perdoe, misoginia é uma bandeira daquelas, odiar o diferente é um tremendo lance de psicopata, odiar bicho, odiar chinês, odiar velhinhos, precisamos nos controlar, o cujo e eu. Você quer conversar sobre *condutas morais duvidosas* num mundo em que amizades se misturam vorazmente aos negócios, onde fãs se converteram em stalkers consentidos, ou sobre *metas irrealistas a longo prazo*, onde é imprescindível publicar conteúdo diariamente *por causa do meu trabalho de produtora de moda*? Quer falar das *fantasias de poder e sucesso*, onde você pode ficar rico explorando temas como, por exemplo, depilação infantil? *Não faço nada disso*. Não. Sabina não fazia nada daquilo. *Você está sendo cínico*. O gramado mais verde, agora, é o nosso, não o do vizinho. A questão central era o aumento de seguidores nas redes do meu ex, depois que ele decidiu que a melhor parte da sua existência se resumiria aos músculos. *Ele te chamou de psicopata, e você defende?* Fabiano, sim, talvez fosse um psicopata, mas, por outro lado, não se produzia para a festa de uma amiga *superquerida* e divulgava os créditos da loja que cedeu as roupas. *Qual o problema de aliar o útil ao agradável?* Nenhum, mas saiba que usar relacionamentos para proveito próprio é um comportamento deveras psicopata, está aí, no índice remissivo de itens da escala de psicopatia. *Você está fechando os olhos pro óbvio*. Bem, estamos todos de olhos bem fechados. *Ai, Tato...* As fotos com retoques e filtros, as montagens que, pela pressa industrial, vira e mexe deixam modelos sem cotovelo ou em posições impossíveis segundo as leis de Newton... Estamos de olhos lacrados para os efeitos pueris de corações que explodem em chafariz, e para a escolha meticulosa do ângulo e da luz, os flagrantes exercícios de inflação de charme e beleza, *a distorção de autoimagem* típica de um psico. O garimpo sagaz de citações de poetas, frases de efeito, ora descontraídas, ora eruditas, ou o fala-fala sobre o nada, oco como *a loquacidade de um narcisista* e potencial assassino em série. Mas, sim, as citações do Fabiano parecem terríveis. Não vamos falar de manipulação, e dos conselhos oferecidos para salvar minha vida, e para, ao mesmo tempo, moldar minha percepção em relação a meus prestimosos amigos, que não, não são obsessivos, que não passam discretamente pela página de um ex-namorado, não vasculham a vida do outro em busca de indícios de flerte, e que nunca, impulsivamente, apagariam fotografias uma por uma depois de um dia triste, num horroroso exercício de martírio ou assassinato simbólico, num ridículo *descarrilamento emocional*, essas surpresas de psicopata, segundo o consagrado checklist de Nantes. Nada disso faria de você uma psicopata, Sabina, mas talvez faça de mim um candidato, por trancar todas as vias de comunicação com o cujo, e sumir da noite para o dia, para sobreviver, ou talvez faça dele um caso irreversível por fazer o mesmo ou dizer a um desconhecido que sou perigoso. O que dizer da *mentira patológica* das redes? Da *ausência de culpa e remorso*, nos comentários cheios de ódio e cinismo? Ou do desaparecimento abrupto, depois de dias e dias de incansável sedução virtual, o nome disso é ghosting, essas merdas são tão frequentes que já têm até nome... E da *falta de empatia* pelo vizinho na hora de simular a própria felicidade, e da *impulsividade doentia* em forma de figurinhas enviadas em série, e da irresponsabilidade, o *descontrole comportamental*, item sete da sessão de traços de personalidade psicopatas, as mentirinhas leves, o planta-colhe de simpatias invejosas, a *presunção* global, a *autoadmiração* em nível laranja? Tudo isso são traços de psicopatia, está aí, no livro que você me deu. O século é psicopata. O sistema econômico é psicopático. A tecnologia é uma máquina de fazer psicopatas, todo dia você é impelido a agir como um, enquanto CEOs com salários de seis dígitos e cadeiras de couro em escritórios com vista para o East River, o Tâmisa ou o rio Pinheiros destroem nossa humanidade inventada tão recentemente com algoritmos que titereiam cada gesto de cada indivíduo, cidadãos tão deformados quanto os casos listados no capítulo cinco do nosso manual. Nós, psicopatas, não somos loucos. Nós, psicopatas, sabemos o que fazemos e os porquês. Você e eu, e o cujo. E hoje, *escuta*, agora escuta, Sabina, todos são psicopatas. Ou, então, ninguém. Trabalho dobrado para os técnicos, inventar novos termos para as novíssimas delinquências, e os detetives terão que fazer hora extra, a régua baixou, e, para distinguir um psicopata de verdade, só com uma faca ensanguentada entre os dentes do suspeito. Uma hashtag pra você: psyco is the new crazy. Faz camiseta. Vai vender.

    Daí anunciei que precisava ir para a agência, acabaria perdendo o emprego. A intervenção, caso quisessem realmente enquadrar a mim e ao Fabiano, teria que ser mundial, ou nada feito. Sabina desceu sem bater a porta, não disse nem até logo, abrindo mão da última palavra. Daí veio a culpa. Ela havia pesquisado, e lido um livro inteiro em inglês, só para me ajudar. Mas o que eu podia fazer? Olhei pela janela e o lixo estava ali, na sarjeta. Eu, abrindo aqueles sacos, eu caçando cabeças, eu não teria cura, psicopatas não têm cura. Remedinho um, remedinho dois, exercício respiratório, e oito horas de agência e, quando volto, o elevador está enguiçado. Subo as escadas com o pressentimento de que todos os vizinhos me observam aterrorizados, atrás de cada porta. A temperatura havia despencado mais ainda e uma pequena panela de minestrone me esperava no fogão. Sabina não deixou bilhete. Uma psicopata, essa moça. Foi a mensagem que enviei pelo celular. Ela não respondeu. Talvez não tenha achado graça. Acendi o fogo para esquentar a sopa. Boiando no caldo, um caroço. De perto, vejo que é um besouro. Penso em andorinhas. Vai. *Vai.* Descarto o besouro na privada e, ao bater na água, o bicho esperneia. Um bicho vivo, na panela de sopa. Despejo o caldo e dou a descarga. Mando outra mensagem para Sabina, digo que o tempero estava ótimo. Uma mentirinha. Obrigado, e desculpa. Sabina me respondeu com a figurinha de um filhote de gato com as patas cor-de-rosa pressionadas contra uma vitrine. Depois enviou outra, com o mesmo gatinho, dessa vez olhando para a câmera, com os olhos cheios de lágrimas.

Para fugir da maré alta de tormentos, marquei passagem para Vitória, aproveitando o feriadão de Corpus Christi. Ia ter que encarar o aniversário do titio, mas dos males. As passagens andavam caras, daí meu pai trocou o acesso ao cartão de crédito por uma mala de quinquilharias arrematadas na 25 de Março. Corrente de ouro, que mamãe e titia gostam de penduricalhos dourados. Relógio para o titio. Uma bolsa Louis Vuitton, não sei se desviada de uma fábrica na Indonésia. Depois de almoçar um quibe, num sábado de inverno de súbito calor, entrei na lojona de brinquedos. Escolhi um caminhão betoneira para o filho da Elvira, cozinheira lá de casa. Indo até o caixa, passo pelo corredor das bonecas. Havia as que faziam xixi no penico e as que repetiam frases com voz tatibitate, mas foi o inacreditável céu de bonequinhas populares made in China, tremulando com o tufão dos ventiladores, que me fez demorar ali. O tamanho que você sonhasse, a cor, cabelinhos os mais variados, e também as carequinhas recém-nascidas, todas suspensas no teto. No fim do corredor pendia sobre os fregueses uma seleção de bonequinhas mais em conta, leve cinco e pague quatro, e eram iguais ou muito semelhantes às das praças, só que com cabeças. E, por mais que eu tivesse tentado, o fato é que não havia mais topado com as bonecas, fosse nas ruas ou em portais de notícias sensacionalistas. Milena nunca tinha ouvido falar do caso, e até desconfiei, Samu se desinteressou, conforme o esperado, daí um dia interpelei o policial da ronda noturna e descobri que havia semanas não se falavam de bonecas mutiladas na DP. Como um elemento capaz de cometer um desatino como aquele podia parar assim, como quem desiste de regar uma avenca? Tampouco Sabina me dava trela. *Sim, você está obcecado*, não estou, *você pegou os boletos, você fuçou o lixo*, e a partir de que ponto uma curiosidade, um passatempo, cai na fixação? *Não vamos falar sobre isso.* E nunca mais falamos sobre isso.

E então passo o feriadão de Corpus Christi em Vitória, enquanto São Paulo recebe viados do país inteiro para a maior parada gay do mundo. Vou à praia com os amigos de sempre, *que cê apaulistou*, as amizades em processo de cura sob o sol de Camburi. Ninguém se arrisca a lançar conselhos. É mais difícil ao vivo, chega uma hora que cansa, o povo não toca no assunto e você que se vire com os sentimentos em decomposição. Helô, Davi, Flavinho, registramos o momento com uma chuva de fotos, aplicaram filtros poderosos e espalharam a boa-nova do meu retorno às origens, as imagens singrando nossa nébula sagrada. Publico uma sequência, uma pequena seleção que me favorecesse, daí Sabina reage com mensagens enciumadas, o Barão e Lucas também gostam, há tempos os dois não davam pinta nas minhas páginas, e até Milena saúda meu pé na areia. Fui, assim, saindo ainda mais das sombras, e em algum momento minhas fotos hiperlindas chegariam à praia displicentemente desejada, que alguém fuçasse aquela alegria morna, eu também tinha meus bíceps. Cinco dias de Vitória. Vou à missa com os velhos. Nem o pai nem a mãe perguntaram que cara era aquela, no bom estilo não-pergunte-e-não-responda. E, com paciência, prepararam porradinhas de caju.

A mãe fez uma mariscada surpresa para o titio. Dizer o quê? Eu vou. Coisa de filho único, sobrinho único, esse inferno, e a titia pergunta, *tem visto seu amigo?* Suga ruidosamente o resto de caldo da cumbuca, *sabe dele?* Ia começar. Estava se referindo ao Jeremy, o homem que namorei por quase dez anos, que nos visitava nos natais, com quem passei tantas férias em Londres. Vitória inteira tinha conhecimento de que havíamos sido um casal, um casal discreto e sem afetações, mas um casal, e *como vai seu amigo?* Meu amigo vai bem, está na Inglaterra. *Ô amado, eu gostava dele.* Ele não morreu, tia. O pai e o titio levantam as orelhas. Ele não morreu, só não nos vemos mais com tanta frequência, eu digo. A mãe acompanha a conversa lá do bar, e me aquece com a expressão habitual de compreensão. Mas sempre em silêncio. A mãe sabe que algo deu errado em minha mudança para São Paulo. Sabe, sim. Mães sempre sabem, dizem. E, no fundo, resistem, mesmo as mamães modernas, no fundo toda mãe pergunta o que fez de errado, *você vai sofrer*, *vão te fazer mal*, projeta netos e se frustra. Eu me levanto da cadeira, diante da doce tortura do olhar da minha mãe, mas a titia está afiada. Eu tento me afastar da mesa. A titia mastigando, *como estão as meninas de São Paulo, amado?* Aqueles dentes. Sinto o rosto esquentar. Toda titia, no frigir dos ovos, imagina que o sobrinho gay não é capaz de experimentar a mais nobre das quimeras, é tudo sacanagem, você não passa de um hedonista, sodomita, leproso faceiro com coceira no rabo, você não sente *de verdade*, viados desenvolvem comorbidades, e a Igreja alerta, aconselha misericórdia, *venham a mim as criancinhas*, mas não trepem. A titia mastigando, *ô lugar pra ter mulher bonita, São Paulo*, era ironia? *O que você disse, amado?* Eu mergulho na piscina, a bêbada vem atrás, a meia dúzia de amigos chegados acompanha o show, *ajuda a tia a entrar na piscina*, e àquela altura eu já ensaiava a explosão. *Como estão as princesas de São Paulo, amado?* Tomar dentro. Eu não sei, tia. Eu gosto de macho, caralho. *Quoi? Comment?* Comment o quê? Eu salivo generosamente por um pau, pés robustos, pomos de adão. *Comment?* Mas não se engane, não sou um estado intermediário entre o titio e você, sou desses que gosta de ser homem, bicha cis gênero, já ouviu? Mas um homem que gosta de homens, eu não gosto de mulher. Sou desses que trepa e desenvolve psicoses de longo prazo, e a titia sabia muito bem da porra toda, *seu amigo*. E a titia passando o guardanapo na boquinha. Constrangida. A risada de cimento da titia, fingindo que boia. A mãe entra na piscina e passa a mão nos meus cabelos sem corte, a mãe sabe que nunca entendi aquela relação macabra de meus pais com meus tios, um casamento a oito mãos. Relação tóxica, o nome. *Nós fazemos mal um pro outro, Tato*, Fabiano com os olhos em brasa, discutindo no corredor, *nossa relação é tóxica*, eu entrando no elevador com a mala em punho, ele vem atrás e me olha de frente pela última vez, eu ordeno que ele feche a porta, fecha essa porra, fecha agora, são as últimas frases de um casal que acreditou em quê? Fecha essa porta. Isso é justo? *Não era real.* Como se toda relação não fosse opioide, alcaloide, estricnina desde a primeira troca de sinais, e como se a história não fosse exatamente esta, pôr no gelo, espalhar sal e evitar a todo custo a putrefação incontornável. Cada um que encontrasse seus meios para continuar junto e driblar as toxinas, *é vício, é transe*, o caralho, *é a ideia que cê faz do troço*, era bom ver o pai de mãos dadas com a mãe, resistindo ao efeito centrífuga que o planeta assumia, e ponto, e eu até perdoava as piadas do titio, só por causa dos meus pais, e os dentes da titia, que já deviam estar moles de tanto branqueamento. Tamanha perfeição. A gente nunca sabe. Tenho a impressão de que se um dos quatro morresse os outros três partiriam atrás, dá para sentir a onda de antidepressivos se comunicando entre os corpos, e chega a ser bonito. Eu nunca tinha chorado no ombro da mãe. A titia não me olhou mais na cara, escutei quando ela disse ao meu pai que o Tato resolveu estragar a tarde. Viado sabe dar festa, mas também sabemos estragar tudo. A gente sempre estraga tudo. Passei o dia jogando água na mãe, o pai levando caipirinha para nós dois, meus dedos enrugados. Minha relação tóxica de filho único.

Volto para São Paulo com queimaduras nas costas. Descendo do táxi encontro o Concordia com uma faixa de aluga-se. Daí o zelador diz que é o apartamento do Samuel. O Samu não era mais o Samu do 42. No meu capacho, uma sacola com um Anna Kariênina, *nunca vou ler essa merda, man, mal consigo ler legenda de filme*, um tupperware com castanhas *genuínas* e um vaso de cacto que certa vez elogiei. Sem cartinha. A foto do Samu tinha sumido do meu aplicativo de mensagens. E aí a noite vira abismo, você olha o teto e descobre que tudo vai embora, porque Samu foi embora, porque sua tia enterrou de vez sua sanidade, e acabou com seus armários, a paisagem não parava de mudar nem por um minuto. Você toma suas fórmulas e vai trabalhar zumbi, volta para casa e não janta, gim-tônica sem tônica, põe o dum dum dum e sai marchando pelo bairro. Não tem graça. Senta no banco da praça e imagina que Samu vai chegar, não tinha graça. Quero ir para casa, mas não resisto e dou uma conferida na rua dos trilhos. Johnny estava lá, numa noite quente e burocrática. Eu caminho até Johnny sem me preocupar em não ser visto. Ele se dá conta da minha presença e desencosta a bunda murcha da caçamba, o pau encolhido num portentoso matagal de pentelhos, e traga o cigarro sem deixar que a surpresa tome corpo. *Como estamos, vizinho?* Estamos bem. *Você fuma um?* Aceitei o beque e, depois de um silêncio bizarro, começamos a bater papo como se estivéssemos numa sala de estar. Tento agir como se ninguém ali estivesse nu, ele age como se ninguém ali saqueasse sacos de recicláveis. Conversamos sobre os basculantes. Os latidos da Augusta, que, fico sabendo, está com um câncer no estômago. A gente nunca sabe da dor dos outros, eu digo. Falamos do Samu. *Ele vai fazer falta.* Daí o filósofo me pergunta se eu ainda estava apaixonado. Imagino alguma fofoquinha do meu amigo adicto, ou mesmo os basculantes, a paixão é um estado psicótico de longa duração, parafraseio meu Samu, e faço bonito com as palavras. Johnny franze a testa. Está pensando. *Há uma teoria, não sei se hipótese, ou mera elucubração, e não sei se faz diferença...* Pelo visto Johnny era adepto de longas introduções, *uma hipótese, vai,* uma hipótese, *uma hipótese de que no passado, quando ainda éramos algo mais que hominídeos, perto do elo perdido...* O elo perdido. *Há essa hipótese, sabe?* Não sabia, mas estava com tempo, mal passava da uma, *há essa ideia, vamos chamar de ideia,* a erva bateu, *essa ideia um tanto vaga de que nas nossas origens humanas teríamos vivido em constante estado psicótico, sem saber o que era sonho e realidade,* aí sim, *sem separar delírios de fatos objetivos,* como se você acordasse e entendesse que a visita do seu ancestral morto, uma avó dançando break no meio de um sonho, tivesse mesmo ocorrido? *Isso mesmo. Sabe, acho que a paixão pode ser uma sobra desse estado psicótico, ou seja, relaxa.* Reacendeu a bagana, meu vizinho peladão fazendo fogo, e puxamos até queimar o dedo. *É só resquício psicótico, um dispositivo útil à reprodução,* e eu gostava, ali, de ouvir sobre a paixão, *sei lá,* e a palavra de quatro letras, ou mesmo sobre o desejo sexual como dispositivo reprodutivo, o que de fato era. Bem, aquilo me deixou numa posição confortável de sentir sem motivo, eu gostei, sabe? O beque me levou até a ideia de que viados talvez sejam a evolução da humanidade, como aquelas pessoas que nascem sem o siso, e nós rimos tanto dessa merda, a viadagem deixava a vida com um quê de arte, sem função. Que os caretas se encarregassem da reprodução e comprassem material escolar em doze vezes sem juros, Johnny quase se mijou, a erva era melhor que os bagulhos do Dênis. Gritaram *vai dormir* de uma janela, *chamem a polícia*, mas a gente não estava nem aí. *Você é mesmo gay?* Sim. Um viadinho capixaba. *Não parece.* Os caretas sempre acham que não parecer viado é a meta inicial de todo viado. Obrigado. E me sinto ridículo por agradecer, mas morro de rir. E, de repente, Johnny começa a chorar. Eita. A gente nunca sabe. E, chorando, desabotoou minha bermuda. Em dez segundos eu estava nu, só de meias. Eu não parava de rir e o Johnny aos prantos. Daí Johnny me deu um selinho. Ia me pegar ali, atrás da caçamba, mas uma luz vermelha tomou o muro, parecia uma patrulhinha, saí fora. Deixei Johnny para trás, imaginei ele com o pau duro envergado no ar e não parei de rir, eu tremia, e fugi, tentando me vestir enquanto dava no pé. Eu não podia ir para casa naquela vibração, e então continuei rodando até chegar ao centro, perigosamente perto do cujo, a bad vibe pedindo passagem, e entro no muquifo ao lado do peruano, sinto o cheiro de veneno contra pombo e daí é no Samu que penso. Peço uma verdinha, não tem. Aceito outra marca. E, como uma tempestade, o ar cheio de íons, Fabiano se materializa de bermuda preta, Fabiano entre dezenas de rapazes vestidos com bermudas pretas, um, dois, três Fabianos de meias pretas, *ei, ô, não finge que não me viu.* Você tá sozinho? Você tá namorando? *Namorando mais ou menos.* Que tipo de gente saía às quartas? *Bom saber de você*, um tapinha no meu braço, os pés de galinha, *fica bem?* E você vai de zero a cem num segundo, o pirralho rastafári na pista de dança, desde quando? E então o surto número três, o pior de todos, um soco nas costas de Fabiano e a insanidade final, Fabiano caído no assoalho emporcalhado, a Clara Nunes gritando o canto da sereia. O segurança me joga na rua. Você espera Fabiano sair, nunca mais, o alguém. Você vomita. Você liga para Vicente. Você é uma reprise de você mesmo e vai morrer, você reza: eu te perdoo, Fabiano, estive do outro lado. Você chega em casa e não tem chuveiro que esfrie. A noite foi a mais quente do inverno, outra madrugada às claras, fiz um curativo de merda no cotovelo, uma barata voadora me atacou pela janela e li aquilo como um presságio de morte, a custo consegui vassourar o monstrinho para fora e fechei o balcão para que não voltasse. Abri o armário do corredor. Jaziam ali, exóticas, as cinco bonequinhas sortidas que havia comprado na 25 de Março. Enfiei uma delas na mochila. Pensei bem e troquei pela de chuquinha. Repensei e peguei também a de roupinha de unicórnio.

A rua ainda estava vazia, a não ser por uma dupla de ratos ziguezagueando em frente ao portão de ferro. Havia luz na Milena. O apê do Samu com as portas do balcão abertas, por causa do cheiro de tinta, pronto para receber visitas de corretores. A mulher do Johnny fumava no balcão e me lançou um olá, será que Johnny tinha sido preso? Caminhei sem dum dum dum. Cheguei à praça e sentei no banco colado à árvore. Acho que ainda esperava pelo Samu, senti as raízes embaixo dos pés, *olhe pros pés*, mas eram quatro e meia da manhã. Minha pressão pareceu alta, e isso era raro. Tiro a boneca de chuquinha de dentro da mochila. Acomodo a boneca ao meu lado. Acomodo a outra boneca bem aconchegada à primeira. Éramos três pessoinhas num banco de praça, e, não sei por quê, desligo o celular. Alcanço disfarçadamente a cabeça da primeira boneca. Conto até três, no exercício da calma, e, embora com a pressão a mil, arranco a cabeça com destreza inesperada. Sai fácil. Deposito a cabeça sobre as perninhas da boneca decapitada, como se a obrigasse a carregar o fardo daquela crueldade. Ninguém na praça e, furtivo, toco a segunda boneca. Minha nuca dói. Penso em meningite. Penso no suco de laranja que me espera na geladeira. Penso em tudo ao mesmo tempo. Em vez de arrancar a cabeça, ponho a boneca no colo, sentadinha em meus joelhos. Tomo seus bracinhos com a ponta dos dedos. Ninguém na praça e faço um upa. Eu brinco com a boneca. Agarro a moleira. A roupa era vagabunda, mas decente, um conjuntinho com estampa de unicórnio azul, apertei a cabeça, pronto para puxar, e escuto vozes. Um casal estrepitante ronda a praça num dueto desafinado, um sucesso sertanejo. Parecem noiados. Ajeito a segunda boneca ao lado da primeira e disparo até a esquina. *Pega, bicha*, o casal gargalha. Eu paro embaixo de um poste e encaro o casal. Acho que os dois não esperavam por isso, porque também param e se calam, eu devia estar com aquela cara de tinhoso, debaixo de um poste de luz amarela, mochila nas costas. Eu teria medo de mim, e experimento um prazer das galáxias quando constato que os dois desviam, que se afastam mansos, calados, a garota rebocando o maridinho. *Não se soltem nunca*, grito. Eles olham para trás. Não pisco. Eu sou um monstro parado na esquina, e grito outra vez, *não se soltem nunca!* Recomecei a correr, e avistei, lá embaixo, contra o céu já querendo clarear, um carro da polícia. Volto e pego a rua de cima. A mulher do Johnny ainda estava na janela, não havia luz na Milena, o balcão do Samu escancarado. Ouço um som de chuveiro pelo basculante, o Concordia começa a despertar. Coloco o dum dum dum eletrônico bem baixinho na porta do banheiro e vou para a cama. Tento imaginar o Samu ali, editando e regando o edifício com a cadência salvadora. Eu tremia tanto que precisei pegar um cobertor. Precisei de uma dose dupla de comprimidos para abreviar a vigília, eu esticava a pele e a pele não voltava para o lugar, eu era um invólucro ressecado, um medo trágico de ficar velho, eu era uma bolha gelada cheia de substâncias. Jurei que não ia morrer.

A vizinha de cima morreu. O rinoceronte branco do 61 acordou com falta de ar, cambaleou até o elevador e caiu no tapete da portaria. O zelador tentou acudir, chamou ambulância, acompanhou o pânico da mulher se afogando no seco até os olhos amansarem. Ela seguiu morrendo no caminho e, na entrada do pronto-socorro, não resistiu, como se diz. Morreu na maca com a vida passando diante dos olhos, *tipo um filme mesmo, seu Tato*, a mulher apertando o botão do térreo uma, duas, vinte vezes, *dava pra ver o filme na cara dela*. Esses chavões têm lastros de razão, *há explicação científica*, mas não gravo tudo que Sabina diz. O que intrigou Sabina durante muitos dias foi o teor do curta-metragem, não parou de falar disso, garimpava na memória cenas que pudessem compor seu sumário derradeiro. *Um resumo sem graça, apenas com momentos felizes.* Concordei. A gente se surpreende poucas vezes em cenas felizes, daí você sente que vai partir e a vida se contamina de beleza com a perspectiva do nunca mais. Nunca mais tapioca sem sal, *põe o saleiro na mesa*, o vinil da vitrola parando até quebrar, *não me queixo*, eu não sou de te amar. *Você canta errado, Tato, o certo é: eu não soube te amar.* Não. Sim. Sério? *Sério.* Como assim? Mas continuo a cantar errado.

A gente ainda na cama. Era domingo e os helicópteros não deixavam ninguém em paz por causa de um engavetamento na Ipiranga com a São Luís, os automóveis se incendiaram e teve até explosão, mas parece que todos sobreviveram. Os helicópteros rodando em cima do quarto. Fabiano mantinha os olhos fechados, não sei se consigo explicar, é complicado descrever. É como se a respiração do cujo e o zunido das hélices se imiscuíssem e formassem uma massa, e os giros das hélices fossem morar nos sulcos da testa do Fabiano, e ali uma história fosse contada. Sei lá que história. Uma fábula parnasiana com flautas, aves de plumagem exótica e murmúrio de queda d'água, e aí tudo fez algum sentido, ir dormir e acordar cedo, trabalhar e matar a fome. O vazio se extinguiu como se um fio de café enchesse minha caneca até a boca. Não encontro a imagem. Veio um medo de desperdiçar os minutos, daí eu me ajeito na cama e acaricio Fabiano, meu coração em hélice, aquele rosto sem ângulos, a barba amadeirada. Era o troço de quatro letras. Fabiano abriu os olhos. Ele sabia o que estava acontecendo. A gente sabe. Dizer o quê? Que o que eu escutava, em meio aos helicópteros, era o som de meu passo maior que a perna, um ato de fé, o calcanhar cruzando a fronteira de um país que eu adoraria percorrer? Os acontecimentos relevantes carregam essa dubiedade aterrorizante que a gente quer aplacar marcando com ferro, dando peso com as palavras, o maior sentimento do mundo é um dogma que cresce até esmagar nosso corpo, a insanidade que é se abandonar na mão do outro. Não tem palavra. Quando eu morrer vou querer o curta-metragem com filtro de névoa e manchas de luz, como em polaroides. Eu plantando feijão no quintal da vó Mariana, e as hélices, Sabina e eu vestidos de urubus na formatura, e as hélices, eu arrumando as malas para vir morar em São Paulo, minha mãe no jardim de casa, eu acenando para o pai no portão de embarque, e as hélices atravessando as cenas. Eu dançando no fim da festa de quarenta anos do Jeremy, eu pulando na festa dos quarenta e dois do Fabiano, os apartamentos virados do avesso, Sabina retumbando nos sofás, copo sujo, garrafas, a versão ao vivo de Don't You (Forget About Me), e as hélices. Eu estendo a mão para o Jeremy, a música cai, o público em delírio, eu digo me dê a mão para o certo alguém, e as hélices na esquina da Ipiranga, agora sozinhas. A tela escurece, as hélices seguem, e entram os letreiros.

Enfiei Anna Kariênina num envelope e senti falta do cheiro do Samu. Saudade era a palavra do ano. Li o Tolstói em duas semanas, e isso, no meu caso, é devorar. Fiz orelha e escrevi nas margens, como Fabiano faria. *Todas as famílias felizes se parecem*, escreveu Tolstói. Sublinhei. Uma família, o dito-cujo e eu. Chegamos a pensar. Viados felizes são todos parecidos, *cada família infeliz é infeliz à sua maneira.* Como assim? Está tudo bem à noite, daí o dia clareia e as neuroses acendem de um dos lados da cama. Aí a noite volta e o passado encolhido dentro de você começa a reagir, você não responde a um comentário atravessado. *Por que vocês se separaram? Tão perfeitos juntos.* Um dos perfeitos ataca, vomita o acúmulo de ódio e dor, e o outro perfeito espera. A gangorra começa. O medo estende a mão à paranoia. Daí o idílio explode, a mesa dos pais vira bem no centro da sala, o pavor do linchamento vibra numa mesa de bar, a solidão cresce perfeita, irrompe perfeita, e então um dos dois abre a porta e vai espairecer na praça, o outro vai atrás, os dois discutem ali mesmo, no hall do elevador, a porta pantográfica se abre e o primeiro: procure um psiquiatra. O segundo responde: procure um analista. O primeiro perfeito entra no elevador com fuzis na retina, o segundo perfeito abre a porta antes que o elevador vá embora e olha mudo para aquele que há poucos dias era para a vida inteira. Perfeito. E o primeiro diz: fecha a porta. Três dias depois, o apartamento pela metade. E as últimas palavras trocadas, depois de um ano de perfeição, um ano depois dos fogos de artifício estourarem coadjuvantes no céu sem nuvens de Copacabana, as palavras mal sussurradas ficam boiando no ar poluído do centro de São Paulo. Psiquiatra. Fecha. A porta. *Acabou?* Perfeitamente. Deixo o Tolstói na portaria do cujo. O porteiro me reconhece mas não pronuncia meu nome. Fabiano nunca responderá à carta que deixei entre as páginas, mas sei que o livro está na estante do corredor.

Desde pequeno Fabiano se atou aos livros, *Pedrinho e Narizinho, depois Poirot e Arsène Lupin*, e acho bonito, *eu não posso parar de ler, se parar eu afundo*, achei bonito ter os livros como boias. Os pais do Fabiano, ironicamente, estimulavam o hábito. Os pais do Fabiano eram *uma usina de rancores e provocações públicas*, os jantares eram verdadeiros *laboratórios de crueldade*, mas livro não faltava. Deviam saber das compensações. Quando vasculho a vida de cada um dos membros do clã, encontro uma mãe diferente da que Fabiano pintou, vejo a mineira de expressão baça, sempre com permanente de vovó, camuflada em bandejas de quitutes, oferecendo a doçura que, segundo meu cujo, nunca foi capaz de dar aos filhos, e vejo um pai de rosto corado, enérgico, que não se cansava de fazer pizza para os netos. Os dois mortos, mas incansavelmente lembrados como os melhores do mundo, no Dia das Mães, *saudades eternas*, nos aniversários, *tudo mentira, Tato*. O irmão mais novo é o vereador de camisas abotoadas até os punhos, um homem violento nas palavras e com flores tatuadas no pescoço, a segunda irmã chegou a se enfiar num convento, e agora mistura máximas sobre o poder do feminino com versículos bíblicos, e a irmã mais nova, que liderou a cruzada para manter o cujo distante depois da morte dos pais, traz aquela tristeza adequada, encarnada num olhar que não se encaixa no de nenhum outro parente, uma doentinha dedicada a beijar incondicionalmente o siamês de estimação. Nada tão diferente. Nada de tão estranho. *A literatura me salvou*, mas, hoje, eu discordaria de Fabiano. O que salvou o cujo não foram metáforas e aliterações, o que salvou o dito foi, não sem ironia, o *vai embora, viado*. O olho da rua. *Pederasta ingrato, mancha na família*. Veio aos pontapés da zona norte para o centro, talvez nem tão livre assim, e nem idealmente são, mas a salvo, de um jeito particular. Um doido prosaico. O que te salvou foi ser baitola, eu diria a ele. Um homem de passadas viris, corpulento, mas um pederasta, um macho que dá o cu e enfia o pau onde bem entende, digno de socos, cuspes e uma internação, um fugitivo em disfarce, mas aqui, e vivo, e não amarrado a doidos piores. Gosto de pensar assim. Gosto do Fabiano, assim.

    Deixo o livro na portaria e volto para casa. Rego as plantas. Não bebia havia um mês, porque a risperidona era forte. Não tragava nada havia um mês, desde que a psiquiatra propôs uma internação, depois do surto final, *uma internação breve*, e eu ensandeci, aparvalhei, fui à lua e quase não voltei, daí Sabina me resgatou, *eu cuido dele*. Outra vez. Sabina, mancomunada nas dores, não bebia ou tragava havia semanas, mas sei que parou porque também precisava. Eu encerraria todas as contas de redes sociais dali a um mês. Sabina não, porque *tem o trabalho*, é, o trabalho. Rego as plantas tomando suco de uva, vou até o banheiro, sento para mijar e enfio as orelhas entre os joelhos. Pensei em andorinhas. Deve ser bom acordar e voar. Não pensar em nada. *Deve ser*. Ia ter que dar conta, viver sem Fabiano ou Jeremy, sem pai e mãe, sem Samu e garantias, essa latência nuclear, os joelhos como se tentassem espremer uma lágrima. A gente decide com a cabeça, a cabeça está na lida, mas é o coração que bombeia. O sofredor que elegeu o coração como centro do corpo sabia das coisas, essa merda dói. E daí você descobre que o sentimento mais nobre pode chegar por uma brecha, numa risada no metrô, a mão de um puxando a do outro, um beijo inesperado no meio do show de bossa nova, mas também pode sobreviver, e sobrevive, na sala de espera de um médico, na janela perfeitamente aberta ao convite trágico, chorar no meio de um perfeito coito pós-balada, uma boneca sem cabeça deixada na praça. A gente nunca sabe, a gente sabe pouco. Fabiano e Tato. Aqueles dois não ficaram unidos pela harmonia, mas por um fecha a porta. Fecha. A porta. Duas pessoas não se dão as mãos apenas pela incontestável consonância, as pessoas não rimam apenas pela eufonia das cores, ou porque são loucos por comida coreana e vão almoçar aos sábados no ching-ling perto da estação da Luz, a gente não fica junto porque aprecia filmes antigos e vai às retrospectivas nos cineclubes, duas pessoas se tornam indissociáveis pela úlcera, minha cicatriz no cotovelo, a marca na parede, o cartão do convênio médico, um soco covarde pelas costas. *Eu amo você, Tato.* O quê? *Surdinho.* O quê? *Nada, esquece.* Não esqueço.

Daí o pianista do 11 começa a tocar uma cantiga. Mantenho a cabeça entre as pernas e uma voz se insinua pelo basculante. É Milena cantando, no 52. Piano e voz seguem juntos, mesmo à distância. Não reconheço a canção, e o banheiro do Concordia vira o melhor lugar do mundo. Gente que não consegue chorar na latrina, gente que canta na banheira, gente que abre as portas do apartamento para as claves de sol subirem mais forte. Ligo para Sabina e pergunto se ela está escutando. Ficamos os dois apreciando o sarau improvisado do Concordia. Imagino que todos os moradores estejam, agora, em seus banheiros. *Uma harmonia de imperfeitos*, Sabina diz. *O almoço tá pronto, vem.* Milena improvisa com o piano até o fim, as notas e a voz se despedindo em algum ponto do túnel de ventilação, e o evento acústico acaba. Teve aplauso.

Desço até o 22. Sabina andou mudando a decoração. Queria uma brisa marítima e comprou cadeiras de praia em vez de trocar os cabelos de cor. Cadeiras de pano confortáveis, com listras à francesa, uma azul e outra verde, *um verde profundo*, e nos sentamos em frente ao janelão para tomar o sol vermelho da tarde. Ela abriu um vinho branco e brindamos, *só uma taça*. Acabaram sendo duas, mas não muito cheias. *São andorinhas, Tato?* Sim, eram as benditas. *Nunca vi tantas dessas por aqui*. Eu contei sete, ela contou cinco, recontamos e ficamos em seis, porque as benditas não paravam. Milena e o escritor saem pelo portão e, na esquina, o escritor se apoia num hidrante para ajeitar o tênis. Milena se acerca e dá um beijo na testa do marido, que beija a barriga de Milena. Acaricia a barriga, e a cantoria da manhã ganha um motivo. Sabina alcança minha mão. Do espigão tricolor, sai um grupo de rapazes para o jogging. Vicente não está entre eles, mas sei que são amigos. Cachorros corriam sem coleiras pelo asfalto quente, o trânsito do bairro ficava manso nos fins de semana. Um dos cachorros é Max, disputando a atenção de uma whippet com outro vira-lata. Damiana Deep desfila diante do nosso balcão, batendo no traseiro e apontando para Sabina, que responde com dedos estalados, *bitch*. Não me chamou de príncipe. Na anca seca da Damiana, duas bonecas pendiam, uma de chuquinha, outra com uma estampa de unicórnio. Gosto de pensar que é um segredo nosso. Damiana acena para todos os prédios e casas, e, quando chega ao hidrante, Milena e o escritor não estão mais lá. Agora, há um rapaz junto ao hidrante. Parrudo, moreno. Parece muito com alguém, mas a moda das barbas deixava todos os homens iguais. Sabina aperta minha mão. O homem parrudo acompanha Damiana, vai na mesma direção, Damiana toma um dos bebês nos braços, e os dois desaparecem. Max vai atrás, obedecendo aos assobios da dona. Sabina solta minha mão. *Elas são lindas*. O mundo estava bem desajustado para que andorinhas voassem naquela época do ano. Uma das andorinhas pousa no fio de eletricidade e Sabina comenta que, se a prefeitura cumprisse as promessas e enterrasse os cabos de alta tensão, os passarinhos ficariam sem ter onde se exibir. A beleza não é igual para todo mundo, eu digo. *Elas são lindas*, Sabina repete, sem me escutar.

Dependendo do tempo de vida, uma andorinha pode comer até meio milhão de insetos. *Andorinha come inseto?* Ô. Pode ter certeza. *Mosquito?* Cupim, abelha, até marimbondo. E é isso o que as malditas estão fazendo agora, enquanto a gente toma sol e vinho barato. *Meio milhão?* Não chega a tanto, acho que exagerei. Mas as malditas caçam enquanto voam, e engolem os bichinhos vivos, por isso o nome em inglês. *Como você sabe?* Daí inventei uma história. Que minha tia adorava pássaros. *Sua titia?* A titia. *Sua titia dos dentões?* Nunca deu muito certo mentir para Sabina. Eu queria abraçar aquela menina, mas me seguro. *As andorinhas são os bichos mais felizes do mundo.* Algumas das monstrinhas constroem os ninhos aos pares. Não todas. Se um gavião se aproxima com o intuito de caçar os filhotes ou atacar os ovos, e as andorinhas sabem muito bem quando a intenção é essa, gritam em baixa frequência e se reúnem em bando para voar ao redor e atordoar o inimigo. Andorinhas são animais que, com o tempo, aprenderam a coexistir com os humanos, dormindo em forros de telhados e aproveitando as moscas que o lixo das cidades atrai. Não são mais limpas que os pombos, por exemplo. Ainda assim. *Ainda assim, o quê?* São aves selvagens, mas habituadas ao esgoto, à fumaça dos carros e ao escândalo das turbinas de aviões. Voam por aqui, mas não dão rasantes muito baixos, não se aproximam de nós, ressabiadas como todo bicho. Andorinhas fedem, carregam parasitas entre as penas, como quase todo pássaro.

Ainda assim, as putinhas são lindas. *E imaginar que estão só caçando...* A carnificina atrás de tamanha beleza. Ainda assim, depois de cruzarem a linha do equador e sobrevoarem o Atlântico, são aguardadas com ansiedade nos países mediterrâneos, porque levam a primavera no vácuo de revoadas gigantescas, às centenas, às vezes milhares, anunciando o calor, cobrindo o horizonte com um véu e arrancando sorrisos de todo tipo de gente. Na Espanha, são golondrinas. Na Itália e na Grécia têm outros nomes. Daí o mundo se detém, em algum momento, o tempo congela para quem levanta os olhos e perde tempo com o céu, o pescoço esticado, a fronte jogada para trás, uma grávida fazendo crochê num parque público, um chefe de cozinha voltando da feira com as compras, ou um turista apaixonado abrindo as portas da varanda de um hotel. *Os mais bonitos, tem que ver.* As andorinhas cagam na cabeça dos transeuntes. As andorinhas são assassinas insaciáveis, não tem jeito, e se afogam em pleno voo, as esganadas. São tão estranhas. Ainda assim, você sorriu, e eu também. Não adianta. As benditas continuam a voar. Vai. *Vai.* A gente não tem cura, e eu olho para cima, *não se soltem*, um príncipe, ou um idiota. Não acaba. *Como assim?* Não vai acabar nunca.

Referências

A ideia de "evento cromático" (p. 29), citada por Milena durante a leitura de um texto, vem do artista plástico Carlos Cruz-Diez, que estudou o comportamento das cores e sua percepção visual.

"A hora perigosa" (p. 35), citada por Fabiano, é uma expressão usada no conto "Amor", de Clarice Lispector, que faz parte da antologia *Laços de família*.

A frase "Ninguém é doido, ou, então, todos" (p. 39), de Guimarães Rosa, uma das citações preferidas de Fabiano, aparece no conto "A terceira margem do rio", do livro *Primeiras estórias*.

A frase "O que é que vocês queriam, dão merda a vida inteira pra gente comer e agora querem o que de volta, chocolate?" (p. 55), que Tato e Sabina escutam em uma apresentação teatral, é uma citação livre de uma fala da peça *Farinha com açúcar ou sobre a sustança de meninos e homens*, de Jé Oliveira.

O verso "Você foi o mais perto que cheguei de morrer" (p. 66), que Tato e Vicente escutam juntos, faz parte da canção "Romeo", do álbum *Rock'n'Roll Sugar Darling*, de Thiago Pethit. Vicente faz uma pequena confusão, atribuindo a canção ao álbum *Mal dos trópicos (Queda e ascensão de Orfeu da Consolação)*.

A frase "Meu nome é amor, meu sobrenome é vingança" (p. 70) é do escritor Ferréz, e aparece no romance *Manual prático do ódio*.

O verso que Tato canta errado para Fabiano, "Não me queixo, eu não soube te amar" (p. 100), faz parte da canção "Eclipse oculto", de Caetano Veloso.

A frase completa de Liev Tolstói, que abre o romance *Anna Kariênina*, é "Todas as famílias felizes se parecem, cada família infeliz é infeliz à sua maneira" (p. 103). A tradução é de Rubens Figueiredo.

A epígrafe do livro, de autoria de Hilda Hilst, aparece na novela *Rútilo nada*.

© Flavio Cafiero, 2021

Todos os direitos desta edição reservados à Todavia.

Grafia atualizada segundo o Acordo Ortográfico da Língua Portuguesa de 1990, que entrou em vigor no Brasil em 2009.

capa
Fernanda Ficher
ilustração de capa e verso de capa
Carla Caffé
preparação
Silvia Massimini Felix
revisão
Huendel Viana
Fernanda Alvares

Dados Internacionais de Catalogação na Publicação (CIP)

Cafiero, Flavio (1971-)
  Diga que não me conhece / Flavio Cafiero. — 1. ed. — São Paulo : Todavia, 2021.

  ISBN 978-65-5692-167-9

  1. Literatura brasileira. 2. Romance. I. Título.

CDD B869.3

Índice para catálogo sistemático:
1. Literatura brasileira : Ficção B869.3

Renata Baralle — Bibliotecária — CRB 8/10366

todavia
Rua Luís Anhaia, 44
05433.020 São Paulo SP
T. 55 11. 3094 0500
www.todavialivros.com.br

fonte
Register*
papel
Munken print cream
80 g/m²
impressão
Geográfica